Elogios para *La casa en Mango Street*

"*La casa en Mango Street* es un relato tan conciso, divertido y bello que parece intemporal. *La casa* es poesía, es una canción llena de añoranza y de un amor que todos reconocemos. Es uno de esos libros que leeremos una y otra vez durante mucho tiempo". —Edwidge Danticat

"Sandra Cisneros ha establecido una diferencia en la literatura hispana. Empezando con *La casa en Mango Street*, sus obras han transmitido la experiencia de los hispanos del sudoeste con brío, encanto y pasión". —Oscar Hijuelos

"*La casa en Mango Street* es un libro que será atesorado durante generaciones. Con su ternura, su humor y su verdad descarnada, la historia de Esperanza se convierte en nuestra historia, seamos o no hispanas". —Cristina García

"Brillante… La obra [de Cisneros] es sensible, lúcida y llena de matices…, una obra rica en imágenes y música". —Gwendolyn Brooks

"¡Afortunados! Afortunados los que crecieron con Esperanza y con *La casa en Mango Street*. Y afortunados los futuros lectores. Este libro divertido y entrañable siempre estará en nuestros corazones". —Maxine Hong Kingston

Sandra Cisneros

La casa en Mango Street

Sandra Cisneros nació en Chicago en 1954. Reconocida internacionalmente por su poesía y su ficción, ha recibido múltiples premios, incluyendo el Lannan Literary Award y el American Book Award, y becas del National Endowment for the Arts y la Fundación MacArthur. Cisneros es la autora de dos novelas, *La casa en Mango Street* y *Caramelo*; una colección de relatos, *El arroyo de la Llorona*; dos libros de poesía en inglés, *My Wicked Wicked Ways* y *Loose Woman*, y un libro para niños, *Hairs/Pelitos*. Es la fundadora de la Fundación Macondo, una asociación de escritores unidos al servicio de comunidades desfavorecidas (www.macondofoundation.org), y la escritora en residencia de Our Lady of the Lake University, en San Antonio. Vive en San Antonio, Texas. Encuéntrela en línea en www.sandracisneros.com

Acerca de la traductora

Elena Poniatowska nació en Paris en 1933 y es hoy una de las más destacadas figuras literarias de México. Novelista, ensayista y periodista, fue la primera mujer en ganar el prestigioso Premio Nacional de Periodismo. Es la autora de *Hasta no verte Jesús mío, La noche de Tlatelolco* (publicado en los Estados Unidos bajo el título *Massacre in Mexico*), *Tinísima* y *Querido Diego, te abraza Quiela* (publicado en los Estados Unidos bajo el título *Dear Diego*), *La piel del cielo* (ganadora del Premio Alfaguara de Novela) y *El tren pasa primero*. Vive en la Ciudad de México.

La casa en Mango Street

Sandra Cisneros

Traducción de Elena Poniatowska

Traducción de la introducción de Liliana Valenzuela

Vintage Español
Una división de Random House, Inc.
Nueva York

A las mujeres
To the Women

Agradecimientos

Le ofrezco mis infinitas gracias a Juan Antonio Ascencio, santo patronal de escritores, por otorgarle a esta traducción su oído de poeta, su ojo de editor y su corazón de escritor. Fue mediante su intervención como gran parte de este texto se moldeó hasta adquirir su forma final. Fue tan meticuloso, generoso y brillantemente minucioso como si fuera su propio libro, y al final, después de las costosas llamadas telefónicas, agotadoras reuniones en San Antonio y la Ciudad de México y laboriosos coloquios editoriales en restaurantes y en mi cocina, tengo que conceder que este proyecto es tan suyo como de Elena o mío.

También me gustaría dar gracias a Ito Romo, mi asistente

literario, ese angelito de Laredo cuya perspicacia nos ayudó a llegar a un eficaz compromiso entre las variedades del español hablados por los dos lados.

Finalmente, supe que mi suerte era buena cuando la sumamente generosa Elena Poniatowska asintió a llevar a cabo esta traducción. Lo hizo como un favor, un regalo, una labor de amor; de todo esto soy muy consciente, ya que, ¿qué otra prestigiosa escritora ofrecería su más preciosa posesión —su tiempo— para ayudar a otra escritora? Por su continuo amor, solidaridad y apoyo hacia mí y otros escritores chicanos, le quedo eternamente agradecida, y me siento profundamente bendecida.

En agradecimiento,

Sandra Cisneros
13 de junio de 1994
San Antonio de Bexar,
Tejas, Estados Unidos

Índice

Una casa propia

La jovencita que aparece en esta fotografía soy yo
mientras estaba escribiendo *La casa en Mango Street*. Ella
está en su estudio, un cuarto que probablemente había
sido el cuarto de algún niño de cuando hubo familias
viviendo en este apartamento. No tiene puerta y es apenas
un poco más ancho que la alacena. Pero tiene una luz
maravillosa y se encuentra encima de la entrada del primer piso, así que ella puede oír cuando entran y salen los
vecinos. Está posando como si justo hubiera levantado la
vista de su trabajo por un instante, pero en la vida real
nunca escribe en este estudio. Escribe en la cocina, el
único cuarto con calentador.

Es el Chicago de 1980, en el barrio de Bucktown

todavía bastante amolado antes de ser descubierto por gente de dinero. La jovencita vive en el número 1814 de la calle North Paulina, exterior, segundo piso. Nelson Algren vagó alguna vez por estas calles. Los dominios de Saul Bellow se extendían por Division Street, a un paso de aquí. Es un barrio que apesta a cerveza y meados, a salchicha y frijoles.

La jovencita llena su "estudio" de cosas que acarrea de Maxwell, el mercado de las pulgas. Antiguas máquinas de escribir, bloques de madera, helechos, libreros, figuritas de cerámica japonesas, canastas, jaulas, fotos pintadas a mano. Cosas que le agrada contemplar. Es importante tener este espacio donde poder mirar y pensar. Cuando ella vivía en la casa de sus padres, las cosas que miraba la regañaban y la hacían sentirse triste y deprimida. Le decían: "Lávame". Le decían: "Floja". Le decían: "Deberías". Pero las cosas de su estudio son mágicas y la incitan al juego. La llenan de luz. Es el cuarto donde puede estar en paz y en silencio y escuchar las voces que lleva dentro. Le gusta estar a solas durante el día.

De niña, soñaba con tener una casa silenciosa, para ella sola, de la misma manera que otras mujeres sueñan con el día de su boda. En lugar de coleccionar encaje y ropa de cama para el ajuar de novia, la jovencita compra cosas viejas en las tiendas de segunda mano que quedan sobre la asquerosa Milwaukee Avenue para su futura casa: colchas desteñidas, floreros rajados, platillos desportillados, lámparas que claman atención y cuidados.

La jovencita regresó a Chicago después de terminar la maestría y se mudó de nuevo a la casa paterna, al número 1754 de la calle North Keeler, de vuelta a su cuarto de niña con su camita individual y su papel tapiz de flores. Tenía veintitrés años y medio. Se armó de valor y le dijo a su padre que quería vivir sola otra vez, como lo había hecho cuando se fue a estudiar fuera. Él la miró con esos ojos de gallo antes de atacar, pero ella no se asustó. Ya conocía esa mirada y sabía que él era inofensivo. Ella era su consentida, así que sólo era cuestión de esperar.

La hija alegaba que le habían enseñado que un escritor requiere quietud, privacidad y largos períodos de soledad para pensar. El padre decidió que tantos años de universidad y tantos amigos gringos la habían echado a perder. De alguna manera él tenía la razón. De alguna manera ella tenía la razón. Cuando piensa en el idioma de su padre, sabe que los hijos y las hijas no abandonan la casa paterna hasta que se casan. Cuando piensa en inglés, sabe que debió haber vivido por su cuenta desde los dieciocho.

Por un tiempo, el padre y la hija llegan a una tregua. Ella accede a mudarse al sótano de un edificio donde vivían el mayor de sus seis hermanos y su esposa, en el número 4832 de la calle West Homer. Pero después de varios meses, cuando el hermano mayor que vivía arriba resultó ser un *Big Brother*, ella se subió a su bicicleta y anduvo por el barrio de su época de secundaria hasta que descubrió un apartamento con las paredes recién pintadas y cinta de enmascarar en las ventanas. Luego, tocó en la tienda de abajo. Así convenció al dueño de que iba a ser la nueva inquilina.

Su padre no puede comprender por qué ella quiere vivir en un edificio de cien años con ventanales por los que se cuela el frío. Ella sabe que su apartamento está limpio, pero que el pasillo está rayado y da miedo, aunque ella y la mujer del piso de arriba se turnan para trapearlo con regularidad. El pasillo necesita una mano de pintura, pero eso no es algo que ellas puedan remediar. Cuando el padre viene de visita, sube las escaleras refunfuñando con disgusto. Adentro, él mira los libros de ella organizados en huacales, el futón en el piso de un recámara sin puerta y susurra: *"Hippie"*, de la misma manera en que mira a los vagos del barrio y dice: "Drogas". Cuando ve el calentón en la cocina, sacude la cabeza y suspira: "¿Para qué trabajé tan duro para comprar una casa con calefacción, para que ella viva de esta manera?"

Cuando está a solas, saborea su apartamento de techos altos y ventanas por las que se cuela el cielo, la alfombra nueva y las paredes blancas como una cuartilla, la alacena con sus repisas vacías, el cuarto sin puerta, el estudio con su máquina de escribir y los ventanales de la sala con vista a la calle, a los techos, a los árboles y al tráfico vertiginoso de la Kennedy Expressway.

Entre su edificio y la pared de ladrillo de junto hay un jardín bien cuidado, a un nivel más bajo. Los únicos que entran al jardín son una familia que habla como guitarras, una familia de acento sureño. Al atardecer se aparecen con un mono en una jaula y se sientan en una banca verde y conversan y ríen. Ella los espía detrás de las cortinas de su cuarto y se pregunta dónde habrán conseguido el mono.

Su padre la llama cada semana para decirle: "Mija, ¿cuándo regresas a casa?" ¿Qué dice su madre al respecto? Se lleva las manos a la cintura y dice orgullosa: "Salió a mí". Cuando el padre está en el cuarto, la madre se encoje de hombros y dice: "¿Qué quieres que haga?" La madre no pone objeciones. Sabe lo que significa vivir una vida llena de arrepentimientos y no le desea esa vida a su hija. Ella siempre apoyó los proyectos de su hija, siempre y cuando asistiera a la escuela. Aquella madre que pintaba las paredes de sus casas de Chicago de los colores de las flores; la que sembraba tomates y rosas en el jardín; cantaba arias; practicaba solos en la batería de su hijo; se ponía a bailar con los de *Soul Train*; pegaba carteles de viaje en su cocina con miel Karo; llevaba a sus hijos semanalmente a la biblioteca, a conciertos públicos, a museos; llevaba una insignia en la solapa que decía "Alimentar al pueblo, no al Pentágono"; la que nunca pasó del noveno grado. *Esa* madre. Ella le da un ligero codazo a su hija y le dice: "*Good lucky* que estudiaste".

El padre quiere que su hija sea una meteoróloga de las que aparecen en televisión o que se case y tenga hijos. Ella no quiere ser la chica del pronóstico del tiempo. Tampoco quiere casarse, ni tener hijos. Todavía no. Quizá después, pero hay tantas otras cosas en la vida que tiene que hacer primero. Viajar. Aprender a bailar tango. Publicar un libro. Vivir en otras ciudades. Ganarse una beca del National Endowment for the Arts. Ver la aurora boreal. Saltar de un pastel.

Ella se queda mirando los techos y las paredes de su apartamento de la misma manera en que alguna vez se quedaba mirando los techos y las paredes de los apartamentos donde se crió, sacándoles forma a las grietas del yeso, inventando historias que acompañaran esas formas. Por las noches, bajo el círculo de luz de una lámpara de estudiante, ella se sienta con papel y pluma y finge no tener miedo. Intenta vivir como una escritora.

De dónde saca esas ideas de vivir como una escritora, no tiene la menor idea. Aún no ha leído a Virginia Woolf. No ha oído hablar de Rosario Castellanos ni de Sor Juana Inés de la Cruz. Gloria Anzaldúa y Cherríe Moraga se están abriendo sus propios caminos por el mundo en algún lugar, pero no ha oído hablar de ellas. No sabe nada. Va improvisando sobre la marcha.

Cuando le tomaron la foto a aquella jovencita, yo

todavía decía que era poeta, aunque había escrito cuentos desde la primaria. La ficción me cautivó de nuevo cuando tomé un taller de poesía en la Universidad de Iowa. La poesía, según me enseñaron en Iowa, era un castillo de naipes, una torre de ideas, pero yo no puedo comunicar una idea a menos que sea a través de una historia.

La mujer que soy en la fotografía estaba escribiendo una serie de estampas, poco a poco, junto con su poesía. Yo ya tenía un título: *La casa en Mango Street*. Había escrito cincuenta páginas, pero todavía no pensaba en ello como una novela. Sólo era un frasco de botones, como las fundas bordadas y las servilletas con monograma que no hacían juego que conseguía en el Goodwill. Escribía estas cosas y pensaba en ellas como "cuentitos", aunque tenía la sensación de que estaban interconectados. Aún no había oído hablar de los ciclos de cuentos. No había leído *Canek* de Ermilo Abreu Gómez, ni *Lilus Kikus* de Elena Poniatowska, ni *Maud Martha* de Gwendolyn Brooks, ni *Las manos de mamá* de Nellie Campobello. Eso vendría después, cuando tuviera más tiempo y soledad para leer.

La mujer que una vez fui escribió las primeras tres historias de *La casa* durante un fin de semana en Iowa. Pero debido a que no estaba matriculada en el taller de ficción, no valdrían como parte de mi tesis de maestría en bellas artes o *MFA*. No discutí; mi asesor de tesis me recordaba demasiado a mi padre. Escribía estos cuentitos aparte como un consuelo cuando no me encontraba escribiendo poesía para obtener los créditos necesarios. Los compartía con compañeros como la poeta Joy Harjo, quien tampoco se sentía a gusto en los talleres de poesía, y con el narrador Dennis Mathis, originario de un pueblito de Illinois, pero cuya biblioteca de libros de tapa blanda provenía de todo el mundo.

Los mini cuentos estaban de moda en círculos literarios durante esa época, en los años setenta. Dennis me contó acerca del japonés Kawabata, ganador del premio Nóbel, que escribía cuentos mínimos que cabían "en la palma de la mano". Freíamos tortillas de huevos para cenar y leíamos cuentos de García Márquez y Heinrich Böll en voz alta. Ambos preferíamos a los escritores experimentales —todos ellos varones, con excepción de Grace Paley— rebeldes como nosotros mismos. Dennis se convertiría de por vida en mi revisor, mi aliado y en esa voz al otro lado del teléfono cuando alguno de los dos se desanimaba.

La jovencita de la foto basa el libro en el que está trabajando en *El hacedor* de Jorge Luis Borges, un escritor a quien ha leído desde la secundaria, fragmentos de cuentos que hacen eco a Hans Christian Andersen o a Ovidio o a secciones de la enciclopedia. Ella desea escribir cuentos que ignoren las fronteras entre los géneros, entre lo escrito y lo hablado, entre la literatura para intelectuales y las canciones infantiles, entre Nueva York y el pueblo imaginario de Macondo, entre los EE.UU. y México. Es cierto, ella quiere que los escritores a quienes ella admira respeten su obra, pero también quiere que la gente que por lo general no lee libros también disfrute de estos cuentos. *No quiere escribir un libro que el lector no entienda y que lo haga sentir avergonzado por no entender.*

Ella cree que los cuentos tienen que ver con la belleza. Con la belleza que cualquiera pueda admirar, como un rebaño de nubes pastando en lo alto. Ella piensa que la gente que está ocupada trabajando merece cuentitos hermosos, porque no disponen de mucho tiempo y a menudo se sienten cansados. Ella se imagina un libro que pueda abrirse en cualquier página y aún mantenga el sentido para un lector que no sepa qué sucedió antes o qué viene después.

Ella experimenta, creando un texto que sea tan

sucinto y flexible como la poesía, partiendo las oraciones para formar fragmentos de manera que el lector haga una pausa, haciendo que cada oración sirva el propósito de *ella* y no al revés, abandonando las comillas para estilizar la tipografía y hacer que la página sea tan sencilla y legible como sea posible. Para que las oraciones sean tan maleables como ramas y puedan ser leídas de varias maneras.

A veces la mujer que una vez fui sale los fines de semana a encontrarse con otros escritores. A veces invito a esos amigos a mi apartamento a "tallerear" nuestros escritos. Provenimos de comunidades negras, blancas y latinas. Somos hombres y somos mujeres. Lo que nos une es nuestra creencia de que el arte debe ayudar a nuestras comunidades. Juntos publicamos una antología: *Emergency Tacos* (Tacos urgentes) porque terminamos nuestras colaboraciones de madrugada y nos reunimos en la misma taquería abierta las veinticuatro horas en Belmont Avenue, como una versión multicultural de la pintura *Nighthawks* (Halcones nocturnos) de Edward Hopper. Los escritores de *Emergency Tacos* organizamos eventos culturales mensuales en el apartamento de mi hermano Keeks: Galería Quique. Lo hacemos sin otro capital que nuestro valioso tiempo. Lo hacemos porque el mundo en que vivimos es una casa en llamas y nuestros seres queridos se están quemando.

La jovencita de la fotografía se levanta temprano para ir al trabajo que paga la renta de su apartamento en Paulina Street. Da clases en una escuela de Pilsen, el antiguo barrio de su madre en la zona sur de Chicago, un barrio mexicano donde la renta es barata y demasiadas familias viven hacinadas. Los dueños de las viviendas y el municipio no se responsabilizan de las ratas, de la basura que no se recolecta con suficiente frecuencia, de los porches que se derrumban, de los apartamentos que carecen de escaleras de incendios, hasta que sucede una desgracia y mueren varias personas. Entonces se realizan investigaciones por un breve lapso de tiempo, pero los problemas persisten hasta la siguiente muerte, la siguiente investigación, la siguiente tanda de olvidos.

La jovencita trabaja con estudiantes que han abandonado sus estudios de secundaria, pero que han decidido volver para tratar de obtener su diploma. De sus alumnos se entera de que ellos llevan una vida más difícil de lo que su imaginación de escritora pueda inventar. La vida de ella ha sido cómoda y privilegiada comparada con la de ellos. Ella nunca tuvo que preocuparse por tener que darle de comer a sus bebés antes de ir a clase. Ella nunca tuvo un padre o un novio que la golpeara por las noches y la dejara amoratada por las mañanas. Ella nunca tuvo que planear una ruta alterna para no tener que enfrentarse con pandillas en un pasillo de la escuela. Sus padres nunca le rogaron que dejara sus estudios para que pudiera ayudarlos ganando dinero.

¿De qué sirve el arte en este mundo? Eso nunca se cuestionó en Iowa. ¿Debería ella estar enseñando a estos estudiantes a escribir poesía cuando lo que necesitan es aprender cómo defenderse de quien los ataca? ¿Acaso las memorias de Malcolm X o una novela de García Márquez pueden salvarlos de los golpes diarios? ¿Y qué pasa con aquellos que tienen tales dificultades de aprendizaje que no pueden ni con un libro de Dr. Seuss y sin embargo son capaces de hilar una historia oral tan maravillosa que la hace desear tomar notas? ¿Debería ella abandonar la escritura y estudiar algo útil como la medicina? ¿Cómo puede enseñarles a sus estudiantes a tomar el control de su propio destino? Ella adora a sus estudiantes. ¿Qué podría hacer para ayudar a salvarles la vida?

El empleo que la jovencita tiene como maestra la conduce a otro y ahora se encuentra como consejera y reclutadora en su *alma mater*, Loyola University en la zona norte, en Rogers Park. Tengo seguro médico. Ya no me traigo el trabajo a casa. Mi día laboral acaba a las cinco de la tarde. Ahora tengo las noches libres para dedicarme a mi propio trabajo. Me siento como una escritora de verdad.

En la universidad, trabajo para un programa que ya no existe, el Programa de Oportunidades Educativas, que ayuda a los estudiantes "desaventajados". Va de acuerdo con mis principios y todavía puedo ayudar a los estudiantes de mi empleo anterior. Pero cuando a mi alumna más brillante la admiten, se inscribe y luego abandona los estudios el primer semestre, me desplomo de la tristeza y del agotamiento que siento sobre mi escritorio, y a mí también me dan ganas de abandonarlo todo.

Escribo acerca de mis estudiantes porque no sé qué más hacer con sus historias. Escribirlas me ayuda a conciliar el sueño.

Los fines de semana, si acaso puedo eludir la culpa y rehuir las exigencias de mi padre de que los acompañe a cenar el domingo en su casa, soy libre de quedarme en mi casa y escribir. Me siento como una hija ingrata ignorando a mi padre, pero me siento peor si no escribo. De cualquier forma, nunca me siento completamente feliz.

Un sábado, la mujer sentada escribiendo a máquina acepta una invitación a una velada literaria, pero al llegar, se da cuenta de que ha cometido un grave error. Todos los escritores son señores de edad. La invitó Leon Forrest, un novelista negro que por amabilidad quería invitar a más mujeres, a más personas de color, pero hasta ahora, ella es la única mujer, y él y ella son los únicos de piel morena.

Ella está allí porque es la autora de un nuevo libro de poesía: *Bad Boys* (Niños malcriados) editado por Mango Press, fruto de los esfuerzos literarios de Gary Soto y Lorna Dee Cervantes. Su libro tiene cuatro páginas y fue encuadernado en la mesa de una cocina con una engrapadora y una cuchara. Muchos de los demás invitados, pronto se da cuenta, han escrito libros *de verdad*, libros de tapa dura de las grandes editoriales neoyorquinas, con ediciones de cientos de miles en imprentas genuinas. ¿Es ella una escritora de verdad o apenas finge serlo?

El invitado de honor es un escritor famoso que asistió al Taller de Escritura de Iowa varios años antes de que ella estudiara ahí. Acaba de vender su último libro a Hollywood. Habla y se comporta como si fuera el Emperador de Todo.

Al final de la velada, ella se encuentra buscando un aventón a casa. Ella llegó en autobús y el Emperador se ofrece a llevarla a casa. Pero no va para su casa, está ilusionada con ir a ver una película que sólo van a dar esa noche. Le da miedo ir sola al cine y por eso ha decidido ir. Precisamente porque le da miedo.

El escritor famoso conduce un auto deportivo. Los asientos huelen a cuero y el tablero relumbra como la cabina de un avión. El auto de ella no siempre arranca y tiene un agujero en el suelo cerca del acelerador por donde se cuelan la lluvia y la nieve, de modo que tiene que usar botas cuando maneja. El escritor famoso habla que habla, pero ella no puede escuchar lo que dice, ya que sus propios pensamientos lo ahogan como el viento. Ella no dice nada, no tiene que. Ella es simplemente lo suficientemente joven y bonita como para alimentar el ego del escritor famoso al asentir con entusiasmo a todo lo que él dice hasta que la deja enfrente del cine. Ella espera que el escritor famoso se fije en que va a ver *Los caballeros las prefieren rubias* a solas. A decir verdad, se siente incómoda acercándose a la taquilla sola, pero se fuerza a sí misma a comprar el boleto y a entrar porque le encanta esa película.

La sala de cine está repleta. A la jovencita le parece que todo el mundo viene acompañado, menos ella. Finalmente, la escena donde Marilyn canta "Los mejores amigos de las mujeres son los diamantes". Los colores son tan maravillosos como en una caricatura, el escenario deliciosamente frívolo, la letra ingeniosa, todo ese número es puro glamour a la antigua. Marilyn es sensacional. Cuando termina su canción, el público se pone a aplaudir como si fuera una presentación en vivo, aunque la desdichada Marilyn lleva años muerta.

La mujer que soy yo vuelve a casa orgullosa de haber ido sola al cine. *¿Ves? No fue tan difícil.* Pero cuando le pone seguro a la puerta de su apartamento, se echa a llorar. "No tengo diamantes", solloza, sin saber qué quiere decir con eso, excepto que aún entonces sabe que esto no tiene nada que ver con diamantes. Cada pocas semanas atraviesa por una fase desgarradora de llanto que la deja sintiéndose mal y llena de zozobra. Esto sucede con tanta frecuencia que ella cree que estas tormentas depresivas son algo tan normal como la lluvia.

¿Qué le da miedo a la mujer de la fotografía? Le da miedo caminar de su auto estacionado a su apartamento en la oscuridad. Le da miedo el ruido de algo que corretea y da arañazos por entre las paredes. Le da miedo enamorarse de alguien y quedarse atrapada viviendo en Chicago. Le dan miedo los fantasmas, el agua honda, los roedores, la noche, las cosas que se mueven demasiado aprisa: los autos, los aviones, su propia vida. Le da miedo tener que regresar a la casa paterna si no tiene la valentía de vivir sola.

A lo largo de todo esto, escribo cuentos que van con ese título, *La casa en Mango Street.* A veces escribo sobre personas que recuerdo, a veces escribo sobre gente que acabo de conocer, a menudo las entremezclo. A mis estudiantes de Pilsen que se sentaban frente a mí cuando daba las clases, con las muchachas que se sentaban junto a mí en otro salón de clases una década antes. Recojo partes de

Bucktown, como el jardín vecino con el mono y lo dejo caer con un *plaf* en la cuadra de Humboldt Park donde viví durante la secundaria y la preparatoria: el número 1525 de la calle North Campbell.

Con frecuencia lo único que tengo es un título sin cuento —"La familia de pies menuditos"— y tengo que hacer que el título me dé un puntapié en el trasero para echarme a andar. O a veces lo único que tengo es la primera oración: "Nunca acabas de llenarte de cielo". Una entre mis alumnos de Pilsen dijo que yo había dicho eso y que ella nunca lo olvidó. Muy bueno que se acordara y me lo volviera a citar. "Vinieron con el viento que sopla en agosto..." Esa frase me llegó en un sueño. A veces las mejores ideas te llegan entre sueños. ¡A veces las peores ideas también llegan de allí!

Ya sea que la idea haya venido de una oración que escuché zumbando por ahí y que guardé en un frasco o de un título que recogí y me metí en el bolsillo, los cuentos siempre insisten en decirme dónde quieren terminar. A veces me sorprenden al detenerse cuando yo tenía todas las intenciones de galopar un poco más lejos. Son tercos. Ellos saben mejor que nadie cuando no hay más que decir. La última oración debe resonar como las notas al final de una canción de mariachi —tan-tán— para avisarte que la canción ha terminado.

La gente sobre la que escribí era real, en su mayoría, de aquí y de allá, de ahora y de entonces, pero a veces trenzaba a tres personas de verdad en una persona inventada. Por lo general, cuando creía que estaba inventando a alguien a partir de mi imaginación, resultaba ser que había recordado a alguien a quien había olvidado o a alguien que estaba tan cerca de mí que no podía verla en lo absoluto.

Destaqué e hilvané sucesos según las necesidades de la historia, le di forma para que tuviera un principio, una parte de en medio y un final, porque en la vida real los cuentos rara vez nos llegan completos. Las emociones, no obstante, no pueden inventarse ni pedirse prestadas. Todas las emociones que sienten mis personajes, buenas o malas, me pertenecen.

Conozco a Norma Alarcón. Ella se convertirá en una de mis primeras editoras y en una amiga para toda la vida. La primera vez que camina por el apartamento de North Paulina, advierte los cuartos silenciosos, la colección de máquinas de escribir, los libros y las figuritas japonesas, las ventanas con vista a la autopista y al cielo. Camina como de puntitas, asomándose a cada cuarto, incluso a la alacena y al clóset como si buscara algo.

—¿Vives aquí…, —pregunta— sola?

—Sí.

—Así que… —hace una pausa—. ¿Cómo lo lograste?

Norma, lo logré haciendo las cosas que temía hacer para dejar de tenerles miedo. Mudarme a otra ciudad para hacer un posgrado. Viajar sola al extranjero. Ganar mi propio dinero y vivir sola. Posar como autora cuando sentía miedo, así como posé en aquella foto que usaste para la primera portada de *Third Woman* (Tercera mujer).

Y finalmente, cuando estuve lista, después de haber realizado mi aprendizaje con escritores profesionales durante varios años, asociándome con la agente idónea. Mi padre, quien suspiraba y anhelaba que me casara, al final de su vida estuvo mucho más complacido de que tuviera a mi agente Susan Bergholz velando por mí, en lugar de un marido. *¿Ha llamado Susan?* Me preguntaba a diario, ya que si Susan llamaba significaba buenas noticias.

Quizá a muchas mujeres les baste con diamantes, pero para una escritora su agente es el mejor de los amigos.

No confiaba en mi propia voz, Norma. La gente veía en mí a una niña pequeña y escuchaba la voz de una niña pequeña cuando yo hablaba. Debido a que no estaba segura de mi propia voz adulta y a menudo me censuraba a mí misma, inventé otra voz, la de Esperanza, para que ella fuera mi voz y preguntara las cosas para las cuales yo misma necesitaba respuesta. "¿Hacia dónde?" Yo no lo sabía con exactitud, pero sabía qué rutas no quería tomar —Sally, Rafaela, Ruthie— mujeres cuyas vidas eran unas cruces blancas junto a la carretera.

En Iowa nunca hablamos de ayudar a los demás a través de nuestra escritura. Tenía más que ver con ayudarnos a nosotros mismos. Pero no había otros ejemplos a seguir, hasta que me diste a conocer a las escritoras mexicanas Sor Juana Inés de la Cruz, Elena Poniatowska, Elena Garro, Rosario Castellanos. La jovencita de la fotografía buscaba alternativas, "otro modo de ser", como decía Rosario Castellanos.

Hasta que nos reuniste a todas como escritoras latinas —Cherríe Moraga, Gloria Anzaldúa, Marjorie Agosín, Carla Trujillo, Diana Solís, Sandra María Esteves, Diane Gómez, Salima Rivera, Margarita López, Beatriz Badikian, Carmen Abrego, Denise Chávez, Helena Viramontes— hasta entonces, Normita, no teníamos idea de que lo que hacíamos era algo extraordinario.

Ya no vivo en Chicago, pero Chicago aún vive en mí. Todavía hay historias de Chicago que quiero escribir. Mientras que estas historias repiqueteen en mi interior, Chicago seguirá siendo mi hogar.

Finalmente tomé un empleo en San Antonio. Me fui.

Regresé. Me volví a ir. Seguía regresando atraída por la renta barata. La vivienda asequible es vital para un artista. Con el tiempo, pude incluso comprar mi primera casa, una casa de cien años de antigüedad que una vez fuera de color violeta claro, pero que ahora está pintada de rosa mexicano. Hace dos años mandé a construir mi estudio en el jardín de atrás, un edificio creado a partir de mis recuerdos de México. Escribo la presente en ese mismo estudio, color cempasúchil por fuera, azul lavanda por dentro. Unas campanillas de viento resuenan desde la terraza. Los trenes gimen todo el tiempo a la distancia, el nuestro es un barrio de trenes. El mismo río San Antonio que los turistas conocen del Riverwalk pasa por detrás de mi casa hacia las misiones y más allá, hasta que vierte sus aguas en el Golfo de México. Desde mi terraza se puede ver cómo el río se ondula para formar una "S".

Unas garzas blancas flotan por la línea del horizonte como un paisaje pintado en un biombo lacado. El río comparte el paisaje con patos, mapaches, tlacuaches, zorrillos, zopilotes, mariposas, gavilanes, tortugas, víboras, tecolotes, a pesar de que es posible llegar a pie al centro desde aquí. Y dentro de los confines de mi propio jardín, también hay muchas criaturas: perros que ladran, gatos kamikaze, un loro enamorado de mí.

Ésta es mi casa.

La gloria.

24 de octubre de 2007. Vienes a visitarme desde Chicago, mamá. No quieres venir. Te hago venir. Ya no te gusta salir de tu casa, te duele la cintura dices, pero insisto. Construí este estudio junto al río tanto para ti como para mí, y quiero que lo veas.

Una vez, hace años, me llamaste por teléfono con

cierta urgencia en la voz: "¿Cuándo vas a construir tu estudio? Acabo de ver un programa en el canal cultural sobre Isabel Allende y ella tiene un escritorio ENORME y un estudio GRANDE". Te molestaba que yo estuviera escribiendo de nuevo en la mesa de la cocina como en los viejos tiempos.

Y ahora henos aquí, en la azotea de un edificio color azafrán con vista al río, un espacio sólo mío para poder escribir. Subimos al cuarto donde trabajo, encima de la biblioteca, y salimos al balcón que da al río.

Tienes que descansar. Hay unos edificios industriales en la orilla opuesta —graneros y silos abandonados— pero están tan oxidados por la lluvia y desteñidos por el sol que tienen su propio encanto, como esculturas públicas. Cuando recuperas el aliento, continuamos.

Me siento particularmente orgullosa de la escalera de caracol que conduce a la azotea. Siempre he soñado con tener una, como en las casas de México. Incluso la palabra en español para nombrar esta escalera en espiral me encanta. Nuestros pasos resuenan sobre cada escalón de metal, los perros nos siguen tan de cerca que hay que regañarlos.

—Tu estudio es más grande de lo que parece en las fotos que mandaste —dices contentísima. Me imagino que lo estás comparando con el de Isabel Allende.

—¿Dónde conseguiste las cortinas de la biblioteca? Apuesto a que te costaron mucha plata. Lástima que tus hermanos no tapizaran los sillones para ahorrarte unos centavos. Uuujole, ¡qué bonito! —dices, tu voz se desliza en ascendente por las escalas como las urracas del río.

Extiendo unas colchonetas para hacer yoga y nos sentamos de piernas cruzadas para contemplar la puesta de sol. Bebemos tu vino favorito, el espumoso italiano, para celebrar tu llegada, para celebrar mi estudio.

El cielo absorbe la noche rápido rápido, disolviéndose

dentro del color de una ciruela. Me tiendo sobre la espalda y veo las nubes apresurarse a casa. Las estrellas tímidas se asoman una a una. Te recuestas junto a mí y enroscas tu pierna sobre la mía como cuando dormimos juntas en tu casa. Siempre dormimos juntas cuando estoy de visita. Al principio porque no hay otra cama disponible. Pero después, cuando papá muere, sólo porque deseas estar junto a mí. Es el único momento en que te permites ser cariñosa.

—¿Qué tal si invitamos a todos a venir acá la próxima Navidad —te pregunto—. ¿Qué crees?

—Ya veremos —dices, absorta en tus pensamientos.

La luna sube por encima del mezquite del jardín de enfrente, salta por la orilla de la terraza y nos deja atónitas. Es una luna llena, un *nimbus* enorme como en los grabados de Yoshitoshi. De ahora en adelante, no volveré a mirar la luna llena sin pensar en ti, en este momento. Pero ahora esto no lo sé.

Cierras los ojos. Parece como si estuvieras dormida. Debes estar cansada del viaje en avión. —*Good lucky* que estudiaste —dices sin abrir los ojos. Te refieres a mi estudio, a mi vida.

Te digo: —*Good lucky.*

Dedicado a mi madre, Elvira Cordero de Cisneros
11 de julio de 1929—1ero de noviembre de 2007

Casa Xóchitl, San Antonio de Béxar, Texas
26 de mayo de 2008

La casa en Mango Street

La
casa
en
Mango Street

No siempre hemos vivido en Mango Street. Antes vivimos en el tercer piso de Loomis, y antes de allí vivimos en Keeler. Antes de Keeler fue en Paulina y de más antes ni me acuerdo, pero de lo que sí me acuerdo es de un montón de mudanzas. Y de que en cada una éramos uno más. Ya para cuando llegamos a Mango Street éramos seis: Mamá, Papá, Carlos, Kiki, mi hermana Nenny y yo.

La casa de Mango Street es nuestra y no tenemos que pagarle renta a nadie, ni compartir el patio con los de abajo, ni cuidarnos de hacer mucho ruido, y no hay propietario que golpee el techo con una escoba. Pero aún así no es la casa que hubiéramos querido.

Tuvimos que salir volados del departamento de Loomis. Los tubos del agua se rompían y el casero no los reparaba porque la casa era muy vieja. Salimos corriendo. Teníamos que usar el baño del vecino y acarrear agua en botes lecheros de un galón. Por eso Mamá y Papá buscaron una casa, y por eso nos cambiamos a la de Mango Street, muy lejos, del otro lado de la ciudad.

Siempre decían que algún día nos mudaríamos a una casa, una casa de verdad, que fuera nuestra para siempre, de la que no tuviéramos que salir cada año, y nuestra casa tendría agua corriente y tubos que sirvieran. Y escaleras interiores propias, como las casas de la tele. Y tendríamos un sótano, y por lo menos tres baños para no tener que avisarle a todo mundo cada vez que nos bañáramos. Nuestra casa sería blanca, rodeada de árboles, un jardín enorme y el pasto creciendo sin cerca. Esa es la casa de la que hablaba Papá cuando tenía un billete de lotería y esa es la casa que Mamá soñaba en los cuentos que nos contaba antes de dormir.

Pero la casa de Mango Street no es de ningún modo como ellos la contaron. Es pequeña y roja, con escalones apretados al frente y unas ventanitas tan chicas que parecen guardar su respiración. Los ladrillos se hacen pedazos en algunas partes y la puerta del frente se ha hinchado tanto que uno tiene que empujar fuerte para entrar. No hay jardín al frente sino cuatro olmos chiquititos que la ciudad plantó en la banqueta. Afuera, atrás hay un garaje chiquito para el carro que no tenemos todavía, y un patiecito que luce todavía más chiquito entre los edificios de los lados. Nuestra casa tiene escaleras pero son ordinarias, de pasillo, y tiene solamente un baño. Todos compartimos recámaras, Mamá y Papá, Carlos y Kiki, yo y Nenny.

Una vez, cuando vivíamos en Loomis, pasó una monja de mi escuela y me vio jugando enfrente. La lavandería del piso bajo había sido cerrada con tablas arriba por un robo dos días antes, y el dueño había pintado en la madera sí, ESTÁ ABIERTO, para no perder clientela.

¿Dónde vives? preguntó.

Allí, dije señalando arriba, al tercer piso.

¿Vives *allí*?

Allí. Tuve que mirar a donde ella señalaba. El tercer piso, la pintura descarapelada, los barrotes que Papá clavó en las ventanas para que no nos cayéramos. ¿Vives *allí*? El modito en que lo dijo me hizo sentirme una nada. *Allí.* Yo vivo *allí*. Moví la cabeza asintiendo.

Desde ese momento supe que debía tener una casa. Una que pudiera señalar. Pero no esta casa. La casa de Mango Street no. Por mientras, dice Mamá. Es temporario, dice Papá. Pero yo sé cómo son esas cosas.

Pelos

Cada uno en la familia tiene pelo diferente. El de mi papá se para en el aire como escoba. Y yo, el mío es flojo. Nunca hace caso de broches o diademas. El pelo de Carlos es grueso y derechito, no necesita peinárselo. El de Nenny es resbaloso, se escurre de tu mano, y Kiki, que es el menor, tiene pelo de peluche.

Pero el pelo de mi madre, el pelo de mi madre, es de rositas en botón, como rueditas de caramelo todo rizado y bonito porque se hizo anchoas todo el día, fragante para meter en él la nariz cuando ella está abrazándote y te sientes segura, es el olor cálido del pan antes de hornearlo, es el olor de cuando ella te hace un campito en su cama aún tibia de su piel, y una duerme a su lado, cae la lluvia afuera y Papá ronca. El ronquido, la lluvia y el pelo de Mamá oloroso a pan.

Niños y niñas

Los niños y las niñas viven en mundos separados. Los niños en su universo y nosotras en el nuestro. Por ejemplo mis hermanos, adentro de la casa tienen mucho que decirnos a mí y a Nenny. Pero afuera nadie debe verlos hablar a las niñas. Carlos y Kiki son los mejores amigos, nuestros no.

Nenny es demasiado chica para ser mi amiga. Es sólo mi hermana y eso no es culpa mía. Una no escoge a sus hermanas: te tocan y a veces salen como Nenny.

Ella no puede jugar con esos chamaquitos Vargas o va a acabar como ellos. Y como es la que sigue de mí, es mi responsabilidad.

Algún día tendré una mejor amiga para mí solita. Una a la que también pueda decirle mis secretos. Una que va a comprender mis chistes sin que yo tenga que explicárselos. Hasta entonces, soy un globo rojo, un globo atado a una ancla.

Mi nombre

En inglés mi nombre quiere decir esperanza. En español tiene demasiadas letras. Quiere decir tristeza, decir espera. Es como el número nueve, como un color lodoso. Es los discos mexicanos que toca mi padre los domingos en la mañana cuando se rasura, canciones como sollozos.

Era el nombre de mi bisabuela y ahora es mío. Una mujer caballo nacida como yo en el año chino del caballo —que se supone es de mala suerte si naces mujer— pero creo que esa es una mentira china porque a los chinos, como a los mexicanos, no les gusta que sus mujeres sean fuertes.

Mi bisabuela. Me habría gustado conocerla, un caballo

salvaje de mujer, tan salvaje que no se casó sino hasta que mi bisabuelo la echó de cabeza a un costal y así se la llevó nomás, como si fuera un candelabro elegante, así lo hizo. Dice la historia que ella jamás lo perdonó. Toda su vida miró por la ventana hacia afuera, del mismo modo en que muchas mujeres apoyan su tristeza en su codo. Yo me pregunto si ella hizo lo mejor que pudo con lo que le tocó, o si estaba arrepentida porque no fue todas las cosas que quiso ser. Esperanza. Heredé su nombre, pero no quiero heredar su lugar junto a la ventana.

En la escuela pronuncian raro mi nombre, como si las sílabas estuvieran hechas de hojalata y lastimaran el techo de la boca. Pero en español mi nombre está hecho de algo más suave, como la plata, no tan grueso como el de mi hermanita —Magdalena— que es más feo que el mío. Magdalena, que por lo menos puede llegar a casa y hacerse Nenny. Pero yo siempre soy Esperanza.

Me gustaría bautizarme yo misma con un nombre nuevo, un nombre más parecido a mí, a la de a de veras, a la que nadie ve. Esperanza como Lisandra o Maritza o Zezé la X. Sí, algo así como Zezé la X estaría bien.

Cathy
reina de gatos

Ella dice: yo soy la tatatatataraprima de la reina de Francia. Vive arriba, allá junto a la puerta de Joe el mañoso. No te acerques a él, dice ella. Es el peligro en dos patas. Benny y Blanca son los dueños de la tienda de la esquina. Se portan *okay* mientras no te recargues en el mostrador de los dulces. Dos mocosas cochinas viven enfrente. Ni las quieres conocer. Edna es la dueña del edificio de al lado. Antes tenía un edificio grande como una ballena, pero su hermano lo vendió. Su madre dijo no, no, nunca lo vendas. No lo haré. Y luego ella cerró los ojos y él lo vendió. Alicia se cree la divina garza desde que fue a *college*. Antes yo le caía bien pero ya no.

Cathy, reina de gatos, tiene gatos y gatos y gatos. Gatitos, gatotes, gatos flacos, gatos enfermos, gatos dormidos como donas chiquitas. Gatos encima del refrigerador. Gatos que van a dar la vuelta en la mesa del comedor. Su casa es el cielo de los gatos.

Tú quieres una amiga, dice ella. *Okay,* yo seré tu amiga, pero nada más hasta el martes. Ese día nos vamos. Tenemos que. Entonces, como si ella hubiera olvidado que acabo de mudarme, dice que el barrio se está poniendo de lo peor.

Un día el papá de Cathy tendrá que volar a Francia a encontrar a la tatatatataraprima por parte de padre, y heredar la casa familiar. ¿Cómo lo sé? Ella me lo dijo. Entre tanto tienen que mudarse un poquito más al norte de Mango Street, más lejos cada vez que gente como nosotros siga llegando.

Nuestro
día bueno

Si me das cinco dólares voy a ser tu amiga para siempre. Eso es lo que me dice la chiquita.

Cinco dólares es barato, porque no tengo ninguna amiga, nomás la Cathy que es mi amiga sólo hasta el martes.

Cinco dólares, cinco dólares.

Anda buscando alguien que ponga dinero, para comprar una bicicleta del escuincle ese llamado Tito. Ya tienen diez dólares y todo lo que les falta son cinco más. Nomás cinco dólares, dice ella.

No hables con ellos, dice Cathy. ¿No te das cuenta de que huelen a escoba?

Pero me caen bien. Usan ropa vieja, chueca y arrugada. Traen zapatos brillantes de domingo aunque sin calcetines. Eso les pone rojos los tobillos desnudos, pero me caen bien. Especialmente la grande, que se ríe con todos sus dientes. Ella me gusta aunque deje que la chiquita haga toda la plática.

Cinco dólares, dice la chiquita, nomás cinco.

Cathy me jala del brazo y sé que haga yo lo que haga, se va a enojar conmigo para siempre.

Espérame tantito, le digo y corro adentro por los cinco dólares. Tengo tres ahorrados y voy a sacar dos de Nenny.

Nenny no está en la casa, pero estoy segura de que le dará gusto cuando sepa que tenemos una bicicleta. Cuando regreso, Cathy se ha ido, como pensé que lo haría, pero no me importa. Tengo dos nuevas amigas y también una bicicleta.

Yo me llamo Lucy, dice la mayor. Esta es Rachel, mi hermana.

Yo soy su hermana, dice Rachel. ¿Tú quién eres?

¡Qué daría yo por llamarme Casandra o Alexis o Maritza —lo que sea, menos Esperanza— pero cuando les digo mi nombre no se ríen!

Venimos de Texas, dice Lucy y sonríe de oreja a oreja. Ella nació aquí, pero mí soy Texas.

Querrás decir *yo*, corrijo.

No, mí soy de Texas, y no me entiende.

La bicicleta nos toca a las tres, dice Rachel, que ya está pensando a futuro. Hoy es mía, mañana de Lucy, y tuya al tercer día.

Pero todas queremos andar en bicicleta hoy porque es nueva, así que decidimos no tomar turnos hasta *pasado* mañana. Hoy nos pertenece a todas.

Todavía no les digo nada de Nenny. Es mucho relajo.

Sobre todo porque Rachel casi le saca un ojo a Lucy por quién va a subir primero, pero al fin decidimos subirnos todas juntas. ¿Por qué no?

Como Lucy tiene piernas largas, pedalea. Yo me monto en el asiento trasero y Rachel es bastante flaca para treparse en los manubrios, lo que pone a la bicicleta a tambalearse con ruedas de espagueti, pero después de un ratito nos acostumbramos.

Rodamos rápido y más rápido. Pasamos mi casa, triste y roja y desmoronada en algunas partes, pasamos el abarrote de Mr. Benny en la esquina, y hacia abajo por la avenida que es peligrosa. Lavandería, tienda de usado, farmacia, ventanas y carros y más carros y vuelta a la manzana de regreso a Mango.

La gente del autobús nos saluda. Una señora muy gorda que cruza la calle nos dice: vaya que andan pesadas.

La pesada será usté, señora, grita Rachel, que es bien grosera.

Abajo, abajo, abajo Mango Street, Rachel, Lucy y yo. Nuestra bicicleta nueva. Y enchuecamos el camino a carcajadas.

Risa

Nenny y yo no parecemos hermanas . . . no a primera vista. No como Rachel y Lucy que tienen los mismos labios gruesos de chupón como todos los de su familia. Pero yo y Nenny, somos más parecidas de lo que tú crees. Nuestra risa, por ejemplo, no es la tímida risita tonta de campanitas de carrito paletero de la familia de Rachel y Lucy, sino brusca y sorpresiva como de un altero de platos quebrándose. Y otras cosas que no puedo explicar.

Un día íbamos pasando una casa que se parecía, en mi mente, a las casas que he visto en México, no sé por qué. Nada en la casa se parecía exactamente a las casas que yo recordaba. Ni siquiera estoy segura de por qué pensé eso, pero sentí que estaba bien.

Miren esa casa, dije, parece México.

Rachel y Lucy me miran como si estuviera loca, pero antes de que puedan soltar la risa, Nenny dice: sí, es México. Es exactamente lo que yo estaba pensando.

Gil compraventa
de muebles

El dueño de la tienda de usado es un viejo. Una vez le compramos un refrigerador usado, y Carlos le vendió una caja de revistas por un dólar. La tienda es chica, sólo tiene una ventana sucia para la luz. El no enciende la luz a menos que traigas dinero para comprarle, así que Nenny y yo vemos toda clase de cachivaches en la oscuridad. Mesas con las patas para arriba, y filas y filas de refrigeradores con esquinas redondas, y sillones que hacen girar el polvo en el aire cuando les pegas y cien televisores que tal vez no sirven. Todo está encimado, así que toda la tienda es de pasillitos muy angostos para caminarla y puedes perderte bien fácil.

El dueño, él es un negro que no habla mucho y si no conoces bien puedes estar allí mucho tiempo antes de que tus ojos descubran unos anteojos de oro flotando en la oscuridad. Nenny, que se cree muy lista y platica con cualquier viejo, le hace montones de preguntas. Yo a él nunca le dije nada, nada más cuando le compré la Estatua de la Libertad por un *dime*.

Pero a Nenny, la oigo preguntarle qué es esto, y el hombre dice: Esto, esto es una caja de música, y yo me volteo rápido pensando que él quiere decir una *preciosa* caja que tiene flores pintadas y una bailarina adentro. Pero no hay nada de eso en lo que el viejo señala; sólo una caja de madera que es vieja y tiene un enorme disco de latón con agujeros. Entonces él la echa a andar y empiezan a suceder muchas cosas, como si de repente soltara un millón de polillas sobre los muebles polvosos y en las sombras como cuello de cisne y en nuestros huesos. Es como gotas de agua. O como marimbas, pero con un curioso sonidito punteado, como si recorrieras tus dedos sobre los dientes de un peine metálico.

Y entonces no sé por qué, tengo que voltearme y fingir que la caja no me importa para que Nenny no pueda ver qué estúpida soy. Pero Nenny, que es más estúpida, ya está preguntando cuánto vale y veo sus dedos buscando las monedas en los bolsillos de sus pantalones.

Esto, dice el viejo cerrando la tapa, esto no se vende.

Meme Ortiz

Meme Ortiz se mudó a la casa de Cathy cuando su familia se cambió. Ni se llama realmente Meme. Su nombre es Juan. Pero cuando le preguntamos cómo se llamaba dijo que Meme, y así es como le dicen todos menos su mamá.

Meme tiene un perro de ojos grises, un pastor con dos nombres, uno en inglés y uno en español. El perro es grande, como un hombre vestido con traje de perro, y corre del mismo modo que su dueño, torpe y loco y con los brazos y piernas sueltos como zapatos desabrochados.

El padre de Cathy construyó la casa a la que se mudó Meme. Es de madera. Adentro los pisos están inclinados. Algunos cuartos van de subida, otros de bajada. Y no hay clósets. En el frente hay veintiún escalones, todos ladeados y salientes como dientes chuecos (están así adrede, dijo Cathy, para que la lluvia resbale hacia afuera), y cuando la mamá de Meme lo llama desde la puerta, Meme trepa gateando los veintiún escalones de madera con el perro de los dos nombres tras él.

En la parte de atrás hay un patio, casi todo tierra, y un montón de tablas grasosas que alguna vez fueron garaje. Lo que más recuerdas es el árbol, enorme, con ramas gordas y poderosas familias de ardillas en las ramas más altas. Todo alrededor, la vecindad de techos enchapopotados de dos aguas, y en sus desagües, las pelotas que jamás regresaron a la tierra. Abajo en el tronco del árbol, el perro de dos nombres ladra al aire vacío, y allá al final de la cuadra, más pequeña aún, nuestra casa sentada sobre patas dobladas como un gato.

Este es el árbol que escogimos para el Primer Concurso Anual de Saltos de Tarzán. Meme ganó. Y se rompió los dos brazos.

Louie,
su prima
y su primo

Bajo la casa de Meme hay un sótano que su mamá arregló y rentó a una familia puertorriqueña. La familia de Louie. Louie es el mayor de una familia de hermanitas. En realidad es el amigo de mi hermano, pero yo sé que tiene dos primos y que sus camisetas nunca se quedan metidas dentro de sus pantalones.

La prima de Louie es mayor que nosotros. Vive con la familia de Louie porque su propia familia está en Puerto Rico. Se llama Marín o Marís o algo así, y lleva medias oscuras todo el tiempo y montón de maquillaje que le dan gratis porque vende Avon. No puede salir —la hace de nana de las hermanitas de Louie— pero se queda en la puerta mucho rato, canta y canta la misma canción tronando los dedos:

> *Apples, peaches, pumpkin, pa-ay.*
> *You're in love and so am ah-ay.*

Louie tiene otro primo. Lo vimos sólo una vez, pero valió la pena. Estábamos jugando *volleyball* en el callejón cuando él llegó en un enorme Cadillac amarillo con llantas de cara blanca y una mascada amarilla amarrada al espejo. El primo de Louie traía el brazo afuera de la ventanilla. Pitó un par de veces y un montón de caras miraron desde la ventana trasera de la casa de Louie y luego un montón de gente salió —Louie, Marín y todas las hermanitas.

Todo mundo miró al interior del auto y preguntó de dónde lo había sacado. Tenía alfombras blancas y asientos de piel blanca. Pedimos una vueltecita y preguntamos dónde lo consiguió. El primo de Louie dijo: súbanse.

Cada uno tuvimos que sentarnos con una hermanita de Louie en las piernas, pero no nos importó. Los asientos eran grandes y suavecitos como un sofá, y en el cristal de atrás había un gatito blanco que encendía los ojos cuando el auto se detenía o daba vuelta. Los cristales de las ventanillas no se levantaban como en los autos ordinarios, sino que había un botón que lo hacía por ti automáticamente. Recorrimos el callejón y todo alrededor de la cuadra seis veces, pero el primo de Louie dijo que nos iba a regresar a pie si no dejábamos de jugar con las ventanillas y de apretar los botones del radio FM.

A la séptima vez que entramos en el callejón oímos unas sirenas . . . muy quedito al principio, pero después más fuerte. El primo de Louie paró el auto allí mismo donde estábamos y dijo: afuera todos. Entonces despegó, convirtiendo aquel auto en un borrón amarillo. Nosotros casi no tuvimos tiempo ni de pensar cuando la patrulla entró en el callejón igual de rápido. Vimos el Cadillac amarillo al final de la cuadra tratando de voltear a la izquierda, pero nuestro callejón es demasiado estrecho y el auto se estrelló contra un poste de la luz.

Marín gritó y corrimos a la esquina donde la sirena de la patrulla hacía girar un mareo azul. La trompa de aquel Cadillac amarillo estaba toda corrugada como la de un cocodrilo, y salvo por un labio sangrante y la frente magullada, el primo de Louie estaba *okay*. Le pusieron esposas y lo metieron en el asiento trasero de la patrulla, y todos levantamos las manos para despedirlo cuando se lo llevaron.

Marín

El novio de Marín está en Puerto Rico. Nos enseña sus cartas y nos hace prometer no decirle a nadie que se van a casar cuando ella vaya a P.R. Dice que él todavía no consigue trabajo, pero ella está guardando el dinero que gana vendiendo Avon y cuidando a sus primitas.

Marín dice que si se queda el año que entra, va a conseguir un trabajo de a de veras en el centro porque allí están las mejores chambas, porque siempre tienes que verte bonita y vestir ropa buena y puedes encontrar en el metro a alguien que a lo mejor se casa contigo y te lleva a vivir en una casa muy grande y lejos.

Pero el año próximo los padres de Louie van a mandarle a Marín a su madre con una carta diciéndole que da mucha guerra, y eso está re mal porque Marín me cae bien. Es mayor y sabe un chorro de cosas. Ella nos contó cómo quedó embarazada la hermana de Davey the Baby, y cuál crema es la mejor para quitar el bigote, y si cuentas las manchitas blancas de tus uñas sabes cuántos muchachos están pensando en ti y un montonal de otras cosas que ahorita no recuerdo.

Nunca vemos a Marín hasta que su tía regresa del trabajo, y entonces sólo la dejan quedarse en frente. Cada noche allí está con el radio. Cuando la luz de la recámara de su tía se apaga, Marín prende un cigarrillo y no importa si hace frío o si el radio no funciona o no tenemos nada que contarnos. Lo que importa, dice Marín, es que los muchachos nos vean y nosotros los veamos. Y como las faldas de Marín son más cortas y más bonitos sus ojos, y como Marín es en muchas formas mayor que nosotras, los muchachos que pasan dicen estupideces como estoy enamorado de esas dos manzanas verdes que llamas ojos, ándale regálamelos. Y Marín nomás se les queda viendo, sin parpadear siquiera, y no le da miedo.

Marín, bajo la luz de la calle, bailando sola, canta la misma canción en algún lado. Lo sé. Espera a que un carro se detenga, una estrella caiga, alguno que cambie su vida.

Los que no

Los que no saben llegan a nuestro barrio asustados. Creen que somos peligrosos. Piensan que los vamos a asaltar con navajas brilladoras. Son tontos que se han perdido y caen aquí por equivocación.

Pero no tenemos miedo. Conocemos al muchacho con el ojo chueco; es el hermano de Davey the Baby, y el altote junto a él con sombrero panameño es el Eddie V. de Rosa, y el grandote que parece un viejo zonzo es el Fat Boy, aunque ya no esté gordo ni sea niño.

Todo moreno por todos lados, estamos seguros. Pero

en un barrio de otro color nuestras rodillas comienzan a temblar traca traca y subimos las ventanillas de nuestros carros hasta arriba y nuestros ojos miran al frente. Sí. Así es.

Había
una viejita
que tenía
tantos niños
que no sabía
qué hacer

Los escuincles de Rosa Vargas son demasiado y demasiados. No es su culpa, sabes, sino que es la madre y
una sola contra tantos.

Son malos esos Vargas, y cómo van a ponerle remedio
con sólo una madre que está siempre cansada de abotonar,
y embotellar, y chiquear, y que llora todos los días por el
hombre que se largó sin dejarles ni un dólar para jamón
o una notita diciéndoles por qué.

Los niños doblan árboles y rebotan entre los carros y
se cuelgan de las rodillas arriba y abajo y casi se rompen
como vasijas de museo que no se pueden reponer. Les

parece chistoso. No tienen respeto por cosa viviente alguna incluyéndose a sí mismos.

A la larga se aburre una de andar preocupándose por niños que ni son de uno. Un día están jugando "atrévete" en el techo de Mr. Benny. Mr. Benny dice: hei, escuincles, ¿no se les ocurre algo menos peligroso que treparse allá arriba? Bájense. Se me bajan orita mesmo pero ya. Y ellos sólo escupen.

Ven. Eso es lo que quiero decir. Con razón todos se dan por vencidos. Nomás se descuidaron un segundo cuando Efrencito se rompió los dientes de chivo en el parquímetro, y ni siquiera evitamos que a Refugia se le quedara atorada la cabeza entre dos barrotes en la reja de atrás, y nadie levantó la vista hacia el cielo el día que Angel Vargas aprendió a volar y cayó del cielo como dona de azúcar, igualito que estrella fugaz, y explotó en el suelo sin ni siquiera un "Ay."

Alicia
que ve ratones

Cierra los ojos y verás que se van, le dice su padre, tú nomás imaginas. Además, la obligación de la mujer es dormir para que pueda levantarse temprano con la estrella de la tortilla, la que sale justo al tiempo que te levantas y en el rincón de tus ojos alcanzas a ver unas patitas traseras que se ocultan detrás del fregadero, debajo de la bañera de cuatro garras, bajo las duelas hinchadas que nadie compone.

Alicia, huérfana de madre, lamenta que no haya alguien mayor que se levante a hacer las tortillas para el lonche. Alicia, que de su madre heredó el rodillo de amasar y lo dormilona, es joven y lista y estudia por primera vez en la universidad. Dos trenes y un autobús, porque no quiere pasar su vida en una fábrica o tras un rodillo de amasar. Es una buena chica, mi amiga, estudia toda la noche y ve ratones, los que su padre dice que no existen. No le tiene miedo a nada, excepto a esas pielecitas de cuatro patas. Y a los papás.

Darius
y las nubes

Nunca acabas de llenarte de cielo. Puedes dormirte y amanecer borracho de cielo, y el cielo puede cuidarte cuando andas triste. Aquí hay demasiada tristeza y no bastante cielo. También hay poquitas mariposas, flores y casi todas las cosas que son bellas. A pesar de eso, hacemos lo mejor con lo que tenemos.

Darius, al que no le gusta la escuela, el que es estúpido a veces y casi siempre un bufón, hoy dijo algo sabio, aunque los más de los días se queda callado. Darius, el que persigue a las niñas con cuetes o con un palo que tocó una rata y se cree malvado, hoy señaló hacia arriba porque el mundo estaba lleno de nubes, de las que parecen almohadas.

¿Ven todos esa nube, la gorda esa?, dijo Darius, ¿ven eso? ¿Dónde? La que está al lado de la que parece palomita de maíz. Esa mera. Mírenla. Es Dios, dijo Darius. ¿Dios? preguntó alguien chiquito. Dios, dijo él, y lo hizo fácil.

Y algunas más

Digo que los esquimales tienen treinta nombres distintos para la nieve. Lo leí en un libro.

Tengo una prima, dice Rachel, que tiene tres nombres diferentes.

Cómo va a haber treinta clases de nieve diferentes, dice Lucy. Hay dos: la limpia y la sucia. Sólo dos.

Hay millonsísimos, dice Nenny, no hay dos que sean igualitas. Lo único es ¿cómo sabes cuál es cuál?

Ella tiene tres apellidos y, déjame ver, dos nombres. Uno en inglés y otro en español . . .

Y las nubes tienen por lo menos diez nombres diferentes, digo yo.

¿Nombres para las nubes?, pregunta Nenny, ¿nombres como tú y como yo?

Esa de allí arriba, ésa es cúmulus, y todos miran hacia arriba.

Las cúmulus son bien monas, dice Rachel. Tenía que decir algo así.

¿Qué es ésa de allá?, pregunta Nenny apuntando con el dedo.

También es cúmulus. Hoy todas son cúmulus. Cúmulus, cúmulus, cúmulus.

No, dice ella. Esa de allí es Nancy, conocida también como Ojo de Puerco. Y más allá su prima Mildred, y Joey el Chiquito, Marco, Nereida y Sue.

Hay toda clase de nubes. ¿Cuántas clases diferentes de nubes crees que hay?

Bueno, para empezar hay esas que parecen crema de rasurar.

¿Y las que parecen que les peinaste el pelo? Sí, esas también son nubes.

Phyllis, Ted, Alfredo y Julie . . .

Hay muchas nubes que parecen campos grandísimos de borreguitos, dice Rachel. Son mis preferidas.

Y no olviden las nubes nimbus de lluvia, digo yo, eso sí que es algo.

José y Dagoberto, Alicia, Raúl, Edna, Alma y Rickey . . .

Y luego está esa nube ancha algodonosa que parece tu cara cuando despiertas después de haberte dormido con tu ropa puesta.

Reynaldo, Angelo, Albert, Armando, Mario . . .

Mi cara no. Se parece a tu gorda cara, gorda.

Rita, Margie, Ernie . . .

¿Cara gorda de quién?

La carota gorda de Esperanza, esa mera. Se parece a la cara fea de Esperanza cuando llega a la escuela en la mañana.

Anita, Stella, Dennis y Lolo . . .

¿A quién le dices fea, fea?

Richie, Yolanda, Héctor, Stevie, Vicente . . .

A ti no, a tu madre. Esa mera.

¿Mi madre? No se te ocurra ni decir su nombre, Lucy Guerrero. Más te vale no hablar de ese modo . . . o puedes irte despidiendo para siempre de ser mi amiga.

Digo que tu madre es fea como . . . humm . . . ¡Como pies descalzos en septiembre!

¡Basta! Sáquense las dos de mi patio antes de que llame a mis hermanos.

Ay, si nomás estamos jugando.

Se me ocurren treinta palabras esquimales para ti, Rachel. Treinta palabras que dicen lo que eres.

¿Ah sí? Bueno, yo puedo pensar en algunas más.

Vaya, vaya, Nenny, mejor te traes la escoba. Hoy hay demasiada basura en nuestro patio.

Frankie, Licha, María, Pee Wee . . .

Nenny, mejor le dices a tu hermana que está bien loca porque Lucy y yo nunca vamos a volver aquí. Jamás de los jamases.

Reggie, Elizabeth, Lisa, Louie . . .

Puedes hacer lo que te dé la gana, Nenny, pero más te vale no hablarle a Lucy ni a Rachel si quieres seguir siendo mi hermana.

¿Sabes lo que eres, Esperanza? Eres como avena sin leche. Eres como los mazacotes.

Sí, y ustedes son chinches, eso es lo que son.

Labios de pollo.

Rosemary, Dalia, Lily . . .
Mermelada de cucarachas.
Jean, Geranium y Joe . . .
Frijoles fríos.
Mimi, Michael, Moe . . .
Los frijoles de tu madre.
Los dedos de pie de tu mamá fea.
Eso es estúpido.
Bebe, Blanca, Benny . . .
¿A quién le estás llamando estúpida, estúpida?
Rachel, Lucy, Esperanza y Nenny.

La familia
de pies menuditos

Hubo una vez una familia. Todos eran chaparritos. Sus brazos y manos chiquititos, y su altura nada alta y sus pies de este tamañito.

El abuelo dormía en el sofá de la sala y los ronquidos le salían entre los dientes. Sus pies eran gordos y masudos como tamales gruesos y se los polveaba y los metía en calcetines blancos y zapatos de cuero café.

Los pies de la abuelita eran preciosos como perlas rosadas, envueltos en zapatitos de terciopelo y tacón alto que la hacían caminar como pollo espinado, pero se los ponía de todos modos porque se veían bonitos.

Los pies del niño tenían diez deditos pálidos y transparentes como de salamandra, y se los metía a la boca cada vez que tenía hambre.

Los pies blancos de la madre, gorditos y educados, bajaban como pichones blancos del mar de almohada, a través de las rosas del linóleo, bajando bajando los escalones de madera, por encima de los cuadros de rayuela: 5, 6, 7, cielo.

¿Quieren esto? Y nos dio una bolsa de papel con zapatos limón y unos rojos y un par de zapatillas de baile que fueron blancas pero ahora son azul pálido. Tomen, y dimos las gracias y esperamos hasta que ella subiera las escaleras.

¡Viva! Hoy somos Cenicienta porque nuestros pies caben exactamente, y nos reímos del pie de Rachel con un calcetín gris de niña y un zapato de mujer de tacón alto. ¿Te gustan estos zapatos? Pero la verdad es que da miedo mirar tu pie atado a una pierna larga, larga, tu pie que ya no es tuyo.

Todo mundo quiere cambalachar. Los zapatos limón a cambio de los rojos, los rojos por el par que fue blanco y hoy es azul pálido, los azul pálido por los limón, y quítatelos y vuélvetelos a poner y síguele en lo mismo un largo rato hasta que nos cansemos.

En eso Lucy grita que nos quitemos los calcetines y sí, es verdad. Tenemos piernas. Flacas y con cicatrices brillosas donde nos arrancamos las costras, pero piernas, todas nuestras, agradables de ver y largas.

Rachel es la primera que logra caminar pavoneándose toda sobre los mágicos tacones altos. Nos enseña a cruzar y descruzar las piernas y a correr como una cuerda dos veces doble, y cómo bajar hasta la esquina de modo que los zapatos te llamen a cada paso. Lucy, Rachel, yo, tam-tam-tam tambaleantes, vamos calle abajo hasta la esquina donde los hombres no nos despegan los ojos. Hemos de ser Navidad.

Mr. Benny en la tienda de la esquina se saca de la boca su importante puro. ¿Sabe su madre que ustedes tienen zapatos desos?, ¿quién les dio eso?

Nadie.

Train peligros, dice. Son muy chiquitas para trair zapatos desos. Quítensenlos antes que llame yo a la polecía. Pero nosotras nomás corremos.

En la avenida, un muchacho en una bicicleta hecha en casa grita: lindas damitas, llévenme al cielo.

Pero no hay nadie más que nosotras.

¿Te gustan estos zapatos? Rachel dice sí, y Lucy dice sí, y sí, digo yo, éstos son los mejores. Nunca volveremos a usar de otro tipo. ¿Te gustan estos zapatos?

Frente a la lavandería seis muchachas con la misma cara gorda quieren hacernos creer que somos invisibles. Son las primas, dice Lucy, siempre son envidiosas. Nosotras seguimos trotando tambaleantes.

Al otro lado de la calle, frente a la cantina, un hombre vago en el escalón de la entrada.

¿Te gustan estos zapatos?

Hombre vago dice: sí, niñita, tus zapatitos alimonados son demasiado preciosos. Pero acércate más. No puedo ver muy bien. Arrímate. Por favorcito.

Eres una niña bonita, continúa hombre vago, ¿cómo te llamas, niña bonita?

Y sin más Rachel dice Rachel.

Tú sabes que hablar con borrachos es de locos y decirles tu nombre es lo peor, pero quién puede culparla. Rachel es joven y la marea oír que le digan tantas cosas dulces en un solo día, aunque sean las palabras de whiskey de un borrachín.

Rachel, eres más bella que un taxi amarillo, ¿sabes?

A nosotras la cosa ya no nos está gustando. Tenemos que irnos, dice Lucy.

¿Si te doy un dólar me besas?, ¿qué tal un dólar? Yo te doy un dólar, y busca dinero arrugado en su bolsillo.

Vámonos ya, dice Lucy tomando la mano de Rachel que parece meditar en ese dólar.

Hombre vago le grita algo al aire pero nosotras ya vamos corriendo rápido y lejos, nuestros zapatos de tacón alto llevándonos camino abajo por la avenida y alrededor de la cuadra, pasamos a las primas feas, pasamos la tienda de Mr. Benny, subimos a Mango Street por la parte de atrás, por si acaso.

Ya nos cansamos de ser bellas. Lucy esconde los zapatos limón y los rojos y los que fueron blancos y son ahora azul pálido, bajo una canasta poderosa, hasta que un martes su mamá, que es muy ordenada, los tira. Pero nadie se queja.

Un sándwich
de arroz

Los niños especiales, los que llevan llaves colgadas del cuello, comen en el refectorio. ¡El refectorio! Hasta el nombre suena importante. Y esos niños van allí a la hora del lonche porque sus madres no están en casa o porque su casa está demasiado lejos.

Mi casa no está muy lejos pero tampoco muy cerca, y de algún modo se me metió un día en la cabeza pedirle a mi mamá que me hiciera un sándwich y le escribiera una nota a la directora para que yo también pudiera comer en el refectorio.

Ay no, dice ella apuntando hacia mí el cuchillo de la

mantequilla como si yo fuera a empezar a dar la lata, no señor. Lo siguiente es que todos aquí van a querer una bolsa de lonche. Voy a estar toda la noche cortando triangulitos de pan: éste con mayonesa, éste con mostaza, el mío sin pepinillos pero con mostaza por un lado por favor. Ustedes niños sólo quieren darme más trabajo.

Pero Nenny dice que a ella no le gusta comer en la escuela —nunca— porque a ella le gusta ir a casa de su mejor amiga, Gloria, que vive frente al patio de la escuela. La mamá de Gloria tiene una tele grande a color y lo único que hacen es ver caricaturas. Por otra parte, Kiki y Carlos son agentes de tránsito infantiles. Tampoco quieren comer en la escuela. A ellos les gusta pararse afuera en el frío, especialmente si está lloviendo. Desde que vieron esa película, *300 espartanos,* creen que sufrir es bueno.

Yo no soy espartana y levanto una anémica muñeca para problarlo. Ni siquiera puedo inflar un globo sin marearme. Y además, sé hacer mi propio lonche. Si yo comiera en la escuela habría menos platos que lavar. Me verías menos y menos y me querrías más. Cada mediodía mi silla estaría vacía. Podrías llorar: ¿Dónde está mi hija favorita?, y cuando yo regresara por fin a las tres de la tarde, me valorarías.

Bueno, bueno, dice mi madre después de tres días de lo mismo. Y a la siguiente mañana me toca ir a la escuela con la carta de Mamá y mi sándwich de arroz porque no tenemos carnes frías.

Los lunes y los viernes da igual, las mañanas siempre caminan muy despacio y hoy más. Pero finalmente llega la hora y me formo en la fila de los niños que se quedan a lonchar. Todo va muy bien hasta que la monja que conoce de memoria a todos los niños del refectorio me ve y dice: y a ti ¿quién te mandó aquí? Y como soy penosa no digo nada, nomás levanto mi mano con la carta. Esto no sirve, dice, hasta que la madre superiora dé su aprobación. Sube arriba y habla con ella. Así que fui.

Espero a que les grite a dos niños antes que a mí, a uno porque hizo algo en clase y al otro porque no lo hizo. Cuando llega mi turno me paro frente al gran escritorio con estampitas de santos bajo el cristal mientras la madre superiora lee mi carta, que dice así:

Querida madre superiora:

Por favor permítale a Esperanza entrar en el salón comedor porque vive demasiado lejos y se cansa. Como puede ver está muy flaquita. Espero en Dios no se desmaye.

Con mis más cumplidas gracias,
Sra. E. Cordero

Tú no vives lejos, dice ella. Tú vives cruzando el bulevar. Nada más son cuatro cuadras. Ni siquiera. Quizá tres. De aquí son tres largas cuadras. Apuesto a que alcanzo a ver tu casa desde mi ventana. ¿Cuál es? Ven acá, ¿cuál es tu casa?

Y entonces hace que me trepe en una caja de libros. ¿Es ésa? dice señalando una fila de edificios feos de tres pisos, a los que hasta a los pordioseros les da pena entrar. Sí, muevo la cabeza aunque aquella no era mi casa y me echo a llorar. Yo siempre lloro cuando las monjas me gritan, aunque no me estén gritando.

Entonces ella lo siente y dice que me puedo quedar —sólo por hoy, no mañana ni el día siguiente. Y yo digo sí y por favor, ¿podría darme un Kleenex? —tengo que sonarme.

En el refectorio, que no era nada del otro mundo, un montón de niños y niñas miraban mientras yo lloraba y comía mi sándwich, el pan ya grasoso y el arroz frío.

Chanclas

Soy yo, Mamá, dice Mamá. Yo abro y allí está ella con bolsas y grandes cajas, la ropa nueva y sí trajo las medias y un fondo que tiene una rosita y un vestido de rayas blancas y rosas. ¿Y los zapatos? Los olvidé. Ya es muy tarde. Estoy cansada. ¡Ufa! ¡Uf, híjole!

Son ya las seis y media y el bautizo de mi primito terminó. Todo el día esperando, la puerta cerrada, no le abras a nadie, y yo no hasta que Mamá regresa y compra todo, excepto los zapatos.

Ahora el tío Nacho llega en su carro y tenemos que apurarnos a llegar a la Iglesia de la Preciosa Sangre rápido porque allí es la fiesta del bautizo, en el sótano rentado este día para bailar y tamales y los escuincles de todos corriendo por todos lados.

Mamá baila, ríe, baila. De pronto Mamá se enferma. Abanico su cara acalorada con un plato de cartón. Demasiados tamales, pero tío Nacho dice demasiado de esto y se empina el pulgar entre los labios.

Todos ríen menos yo, porque estoy estrenando el vestido de rayas rosa y blanco, y nueva ropa interior, y nuevos calcetines, con los viejos zapatos café con blanco que llevo a la escuela, como los que me entregan cada septiembre porque duran mucho, y sí duran. Mis pies desgastados y redondos y los tacones bien chuecos que se ven estúpidos con este vestido, así que nomás aquí sentada.

Mientras tanto ese muchacho que es mi primo de primera comunión o de algo, me pide que baile y no puedo. Unicamente escondo mis zapatos bajo la silla plegadiza de metal que dice Preciosa Sangre y despego un chicle café que está pegado debajo del asiento. Sacudo mi cabeza: No. Mis pies van haciéndose grandes y más grandes.

Entonces el tío Nacho jala y jala mi brazo y no importa qué tan nuevo es el vestido que Mamá me compró, porque mis pies están feos, hasta que mi tío que es un mentiroso dice: tú eres la más bonita de todas aquí, vas a bailar. Y yo le creo y sí, estamos bailando, mi tío Nacho y yo, aunque al principio no quiero. Mis pies se hinchan como chupones pero yo los arrastro hasta el centro del piso de linóleo donde mi tío quiere presumir el baile que aprendimos. Y mi tío me hace girar, y mis brazos flacos se doblan como él me enseñó, y mi madre mira, y mis primitos miran, y el muchacho que es mi primo de primera comunión mira, y todo mundo dice ¡guau! ¿quiénes son esos que bailan como en el cine?, hasta que se me olvida que traigo zapatos de diario café con blanco de los que compra mi mamá cada año para la escuela.

Y todo lo que oigo son los aplausos cuando la música se detiene. Mi tío y yo hacemos una reverencia y él me acompaña con mis gruesos zapatos a mi madre que se siente orgullosa de ser mi madre. Toda la noche el muchacho que ya es un hombre me mira bailar. Me miró bailar.

Caderas

Yo no soy bonita
ni lo quiero ser
porque las bonitas
se echan a perder.

Un día te despiertas y allí están. Listas y esperando como un Buick nuevo con las llaves con el motor prendido. ¿Listas para llevarte a dónde?

Sirven para cargar al bebé cuando estás cocinando, dice Rachel dándole más rápido a la cuerda de saltar. No tiene imaginación.

Las necesitas para bailar, dice Lucy.

Si no las tienes puedes volverte hombre. Nenny lo dice y lo cree. Ella es así por su edad.

Muy bien, digo yo antes de que Lucy o Rachel se burlen de ella. Es bien tonta claro, sí, pero es *mi* hermana.

Pero lo más importante es que las caderas son científicas, sigo yo, repitiendo lo que Alicia ya me dijo. Por los huesos puedes saber si un esqueleto fue de hombre o de mujer.

Florecen como las rosas, le sigo porque obviamente soy la única que puede hablar con alguna autoridad; la ciencia está de mi lado. Los huesos un buen día se abren. Así nomás. Un día puedes decidir tener niños, y entonces ¿dónde los vas a poner? Deben tener espacio. Los huesos dan de sí.

Pero no tengas muchos porque el trasero se te ensancha, así es la cosa, dice Rachel, cuya mamá es ancha como lancha. Y nos echamos a reír.

Yo lo que pregunto es quién de las de aquí está lista. Tienes que ensayar para saber qué hacer con las caderas cuando las tengas, digo yo componiéndolas al caminar. Tienes que saber cómo caminar con caderas, la práctica, tú sabes. Como si una de tus mitades quisiera ir para un lado y la otra para el otro.

Eso es mecerlo, dice Nenny, como arrullar al bebé dormido dentro de ti. Y entonces comienza a cantar: *a la ro ro niño, a la ro ro ya, duérmase mi niño, duérmase mi amor.*

Estoy por decirle que es la cosa más idiota que haya oído jamás, pero mientras lo pienso . . .

Tienes que pescar el ritmo, y Lucy comienza a bailar. Sabe de qué se trata, aunque le cuesta mantener quieto su *caboose.*

Tiene que ser así nomás, digo yo. Ni muy rápido ni muy lento. Ni aprisa ni despacio.

Bajamos la rapidez de los medios círculos hasta una

velocidad a la que Rachel, que acaba de entrar, pueda seguir moviéndose.

Quiero sacudirme como juchi-cuchi, dice Lucy. Está loca.

Yo me quiero mover como hebí-yebí, digo yo siguiendo su ejemplo.

Quiero ser Tahiti. O merengue. O electricidad.

¡O tembeleque!

Sí, tembeleque. Esa es buena.

Entonces es Rachel la que comienza:

> *Miren mis caderas*
> *hagan como yo*
> *la que no lo baile*
> *es que se murió.*

Lucy espera un minuto antes de su turno. Está pensando. Luego comienza:

> *Cadereo cadereo*
> *todo baile es un meneo*
> *quizá sí, quizá no.*
> *Ondular ondular*
> *las rodillas sin parar*
> *quizá sí, quizazás.*

Se equivoca en el quizá. Cuando me toca espero un poquito, respiro hondo y me aviento:

> *Hay caderas redondas como un salvavidas,*
> *otras salen cuadradas como puerta de casa,*
> *algunas son picudas como caballo flaco.*
> *No me importa la forma que tengan mis caderas,*
> *lo que quiero es tenerlas, que me aparezcan ya.*

Ahora todo mundo está prendido menos Nenny que todavía tararea *duérmase mi niño, duérmaseme ya.* Así es ella.

Cuando los dos arcos se abren anchos como quijadas, Nenny salta delante de mí, tic, tic la cuerda, saltando los aretitos de oro que Mamá le regaló por su primera comunión. Nenny es del color de un pan de jabón para ropa, como la tejita café que sobra después del lavado, el huesito duro, mi hermanita. Su boca se abre y ella comienza:

Patito, patito
color de café,
si usté no me quiere
pos luego por qué.

Esa canción vieja no, digo yo. Tienes que hacer tu propia canción. Invéntala ¿sabes? Pero ella no entiende o no quiere. Es difícil saber cuál de las dos. La cuerda vuelta y vuelta y vuelta.

Dos y dos son cuatro,
cuatro y dos son seis,
seis y dos son ocho
y ocho, dieciséis,
y ocho veinticuatro
y ocho treinta y dos,
ánimas benditas
que se me murió.

Puedo ver que Lucy y Rachel están fastidiadas, pero no dicen nada porque ella es *mi* hermana.

Brinca la tablita
yo ya la brinqué.

Nenny, digo yo, pero no me oye. Ella está lejos, a muchos años luz. Ella está en un mundo al que nosotras ya no pertenecemos. Nenny. Yéndose, yéndose.

Bríncala de nuevo
yo ya me cansé.

El primer empleo

No es que yo no quisiera trabajar. Quería. Hasta había ido a la oficina del Seguro Social el mes anterior a sacar mi número de registro. Necesitaba dinero. La secundaria católica cuesta un chorro, y Papá dijo que nadie iba a la escuela del gobierno a menos que quisiera salir mal.

Yo pensé que encontraría un empleo fácil, como los que tienen otros chicos, trabajando en un puesto de hot dogs. Y aunque todavía no comenzaba a buscar, pensé que podría hacerlo después de la semana entrante. Pero cuando regresé en la tarde toda mojada porque Tito me empujó en la llave del agua —porque yo como que lo dejé— Mamá me llamó a la cocina antes de que pudiera cambiarme, y tía Lala estaba allí sentada tomándose su café con una cuchara. Tía Lala dijo que había encontrado empleo para mí en la Fotografía Peter Pan de North Broadway donde ella trabajaba, y que cuántos años tenía yo, y que al día siguiente fuera al trabajo y les dijera que tenía uno más y que eso era todo.

Así que en la mañana me puse mi vestido azul marino que me hace parecer más grande y pedí prestado para el lonche y para el autobús porque dijo mi tía Lala que no me pagarían hasta el viernes siguiente, y fui y agarré y hablé con el jefe de la Fotografía Peter Pan de North Broadway donde estaba mi tía Lala y mentí acerca de mi edad como ella me dijo y segurolas ese mismo día comencé a trabajar.

En mi trabajo tenía que usar guantes blancos. Tenía que poner los negativos con las fotografías. Nomás ver la foto y buscarle el negativo en la tira, ponerlo en el sobre y síguele con la que sigue. Era todo. Yo no sabía de dónde venían esos sobres o para dónde iban. Sólo hacía lo que me dijeron.

Era realmente fácil, y creo que no me habría importado hacerlo, sólo que después de un tiempo te cansabas y yo no sabía si podía sentarme o no, y entonces comencé a sentarme sólo cuando las dos mujeres cerca de mí lo hacían. Después de un tiempo comenzaron a reírse y vienen a decirme que podía sentarme cuando yo quisiera y yo les dije que ya lo sabía.

A la hora del lonche yo tenía miedo de comer sola en el comedor de la compañía con todos aquellos hombres y damas mirando, así que devoré de pie en uno de los excusados y me sobró mucho tiempo, por eso volví al trabajo temprano. Entonces vino el tiempo de descanso y no sabiendo a dónde ir me metí en el guardarropa porque allí había un banco.

Supongo que sería la hora de llegada del turno de la noche o del medio turno porque varias personas llegaron y perforaron tarjetas en el reloj checador, y un hombre viejo, oriental, dijo hola y charlamos de que yo acababa de ingresar y él dijo que podríamos ser amigos y que la siguiente vez que fuera al comedor me sentara con él y me sentí mejor. Tenía ojos bellos y ya no me sentí nerviosa. Entonces me preguntó si sabía qué día era y cuando respondí que no él me dijo que era su cumpleaños y que por favor le diera un beso de cumpleaños. Creí que sí porque él era tan viejo, y cuando iba a poner mis labios en su mejilla, él me agarra la cara con sus dos manos y me besa fuerte en la boca y no suelta.

Papá
que se
despierta
cansado
en la
oscuridad

Se murió tu abuelito, dice Papá una mañana temprano en mi cuarto. *Está muerto,* y como si en ese momento él acabara de escuchar la noticia, mi valiente Papá se apachurra como abrigo, y llora, y no sé qué hacer.

Yo sé que tendrá que irse, que tomará un avión a México, allá estarán todos los tíos y tías y se tomarán una foto en blanco y negro frente a la tumba con flores en forma de lanzas en un florero blanco porque así despiden a los muertos en ese país.

Como soy la mayor, Papá me ha avisado primero y ahora me toca dar la noticia a los demás. Tengo que decirles por qué no podemos jugar. Les tendré que pedir que hoy se estén quietos.

Papá, sus gruesas manos y sus gruesos zapatos, que se despierta cansado en la oscuridad, que se peina el pelo con agua, bebe su café y antes de que despertemos ya se ha ido, hoy está sentado en mi cama.

Y yo pienso qué haría si mi propio papá muriera. Rodeo a mi papá con mis brazos, y lo abrazo, lo abrazo, abrazo.

Mal nacida

Lo más probable es que me iré al infierno y lo más seguro es que me lo merezco. Dice mi madre que yo nací en un día maldito y reza por mí. Rachel y Lucy también rezan. Por nosotras y por cada una . . . por lo que le hicimos a tía Lupe.

Su nombre era Guadalupe y era bella como mi madre. Morena oscura. Daba gusto verla. Con su vestido de Joan Crawford y sus piernas de nadadora. La tía Lupe de las fotografías.

Pero yo la sabía enferma de un mal que no se iría, sus piernas amontonadas bajo las sábanas amarillas, los huesos reblandecidos como gusanos. La almohada amarilla, el olor amarillo, los pomos y las cucharas. Su cabeza echada atrás como una dama sedienta. Mi tía, la nadadora.

Era difícil imaginar sus piernas alguna vez fuertes, los huesos duros dividiendo el agua, braceos limpios y precisos, no doblados y arrugados como de bebé, no ahogándose bajo la pegajosa luz amarilla. Segundo piso al fondo. Ese foco desnudo. Los cielos altos. Ese foco siempre prendido.

Yo no sé quién decide a quién le toca salir mal. No hubo maldad en su nacimiento. Ni maldición perversa. Un día, creo, estaba nadando y al día siguiente, zás, enferma. Pudo ser el día que le tomaron esa fotografía gris. Pudo ser el día que estaba deteniendo a la prima Totchy y al bebé Frank. Pudo ser el momento en que ella señaló la cámara para que los niños voltearan y ellos no quisieron.

Tal vez el cielo no vio el día en que ella cayó. Quizá Dios estaba ocupado. Quizá un día se echó un mal clavado y se lastimó la columna. O puede que sea verdad la historia de Totchy de que se dio un porrazo durísimo al caer de un banco alto.

Pero yo digo que los males no tienen ojos. Señalan con su dedo loco a cualquiera, nomás a cualquiera. Como mi tía que un día iba bajando la calle con su vestido de Joan Crawford, con su sombrero chistoso de fieltro con la pluma negra, la prima Totchy de una mano y el bebé Frank de la otra.

A veces uno se acostumbra a los enfermos y a veces la enfermedad, si se queda demasiado tiempo se vuelve natural. Así le pasó a ella, y quizá por esto la escogimos.

Fue un juego, eso es todo. El que jugábamos todas las tardes desde el día en que alguien lo inventó —no recuerdo quién— creo que fui yo.

Tenías que pensar en alguien que todos conocieran. Alguien a quien pudieras imitar y todos los demás tenían que adivinar de quién se trataba. Comenzó con gente famosa: la Mujer Maravilla, los Beatles, Marilyn Monroe. . . . Pero entonces alguien pensó que sería mejor si cambiábamos un poquito el juego, si pretendíamos ser Mr. Benny, o Blanca su mujer, o Ruthie, o cualquier otro conocido.

No sé por qué la escogimos. A lo mejor ese día estábamos aburridas. Nos caía bien mi tía. Oía nuestros cuentos. Siempre nos pidió que regresáramos. Lucy, yo, Rachel. A mí no me gustaba ir sola. Seis cuadras hasta el departamento oscuro, segundo piso edificio del fondo donde nunca entra la luz del sol, y ¿qué más daba? Para entonces mi tía estaba ciega. Nunca veía los platos sucios en el fregadero. No podía ver los techos llenos de moscas, las horribles paredes café, los pomos y las cucharas mugrosas. No puedo olvidar el olor. Como cápsulas pegajosas rellenas de jalea. Mi tía, un ostión chiquito, un trocito de carne en una concha abierta. Hola, hola. Como si se hubiese caído en un pozo.

Llevé libros de la biblioteca a su casa. Le leí cuentos. Me gustaba el libro *The Waterbabies*. A ella también le gustaba. Nunca supe qué tan enferma estaba hasta el día en que traté de enseñarle una de las ilustraciones en el libro, una preciosa imagen a colores de los niños de agua nadando en el mar. Sostuve el libro frente a su cara. No puedo verlo, dijo, estoy ciega. Y yo me avergoncé.

Escuchaba todos los libros, todos los poemas que le leía. Un día le leí uno mío. Me le acerqué mucho. Lo murmuré en su almohada.

> *Yo quiero ser*
> *como las olas del mar,*
> *como las nubes al viento,*
> *pero soy yo.*
> *Un día saltaré*

fuera de mi piel.
Sacudiré el cielo
como cien violines.

Eso está bonito. Es muy bueno, dijo ella con su voz cansada. Acuérdate de seguir escribiendo, Esperanza. Debes continuar escribiendo. Te hará libre, y yo dije sí, pero en ese momento no sabía lo que quería decirme.

El día que jugamos el juego no sabíamos que ella se iba a morir. Con nuestras cabezas echadas para atrás, nuestros brazos flojos e inútiles, colgantes como de muerto, nos hicimos las muertas. Reímos como ella reía. Hablamos como ella hablaba, del modo en que los ciegos hablan sin mover la cabeza. Imitamos la forma en que teníamos que levantarle la cabeza un poquito para que pudiera beber agua, sorberla lentamente de una taza verde de estaño. El agua estaba tibia y sabía a fierro. Lucy reía. Rachel también. Tomamos turnos para ser ella. Gritamos con la débil voz de un loro para que viniera Totchy a lavar aquellos platos. Era fácil.

No supimos. Había estado muriéndose por tanto tiempo que lo olvidamos. Tal vez ella se avergonzaba. Tal vez se apenaba de que le tomara tantos años. Los niños que querían ser niños en lugar de lavar platos y planchar las camisas de su papá, y el marido que deseaba de nuevo tener una esposa.

Y entonces murió, mi tía que escuchaba mis poemas.

Y entonces comenzamos a soñar los sueños.

Elenita,
barajas, palma, agua

Elenita, brujahechicera, limpia la mesa con un trapo porque Ernie, por darle de comer al niño, tiró su Kool-Aid. Dice: saca a ese mocoso loco de aquí y tómate tu Kool-Aid en la sala. ¿No ves que estoy ocupada? Ernie se lleva al niño a la sala donde Bugs Bunny está en la tele.

Qué buena suerte que no viniste ayer, dice. Ayer los planetas estaban hechos bolas.

Su tele es grande y a colores y todos sus bonitos muebles tapizados de piel roja como los ositos de peluche que regalan en los carnavales. Los tiene cubiertos de plástico. Creo que es por el bebé.

Sí, qué bueno, digo yo.

Pero nos quedamos en la cocina porque aquí es donde trabaja. Tiene lleno de velas benditas arriba del refrigerador, unas prendidas, otras no, rojas y verdes y azules, un santo de yeso y una cruz de palma de domingo de ramos polvosa y una estampa de la mano vudú pegada a la pared.

Trae el agua, dice ella.

Voy al fregadero, no hay ningún vaso limpio. Tomo un tarro de cerveza que dice LA CERVEZA QUE HIZO FAMOSA A MILWAUKEE, y lo lleno con agua caliente de la llave, luego pongo el vaso de agua al centro de la mesa como ella me enseñó.

Mira adentro. ¿Ves algo?

Pero no veo más que burbujas.

¿Ves la cara de alguien?

Nomás burbujas, digo yo.

Está bien, y hace el signo de la cruz sobre el agua tres veces y comienza luego a cortar las barajas.

No son como las cartas de juego común y corriente. Son raras, con hombres rubios a caballo y unos bates de *baseball* loquísimos con espinas. Copas de oro, mujeres tristes con vestidos muy antiguos, y rosas que lloran.

Hay una buena caricatura de Bugs Bunny en la tele. Lo sé, ya la he visto y reconozco la música y me gustaría ir a sentarme con Ernie y el bebé en el sofá de plástico, pero ahora comienza mi suerte. Mi vida entera en esta mesa de cocina: pasado, presente, futuro. Luego toma mi mano y mira mi palma. La cierra y también cierra los ojos.

¿Lo sientes? ¿Sientes el frío?

Sí, pero muy poquito, miento.

Bueno, dice, los espíritus están aquí. Y comienza.

Esta baraja, con el hombre oscuro en un caballo negro, representa los celos, y esta otra, pesar. Aquí una columna de abejas y ésta un colchón de lujo. Pronto irás a una boda y ¿tú perdiste un ancla de brazos? Sí, ¿un ancla de brazos? Está claro qué eso significa.

¿Qué tal una casa?, digo yo, porque a eso vine.

Ah, sí, una casa en el corazón. Veo una casa en el corazón.

¿Eso es todo?

Es lo que veo, dice, y se levanta porque los niños están peleando. Elenita se levanta a pegarles y a abrazarlos. Realmente los quiere, nomás que a veces se pasan de groseros.

Regresa y se da cuenta de que estoy decepcionada. Es brujahechicera y sabe muchas cosas. Si tienes dolor de cabeza frota un huevo frío por tu cara. ¿Necesitas olvidar un viejo romance? Toma una pata de pollo, átala con un listón rojo, hazla girar sobre tu cabeza tres veces y luego quémala. ¿Los malos espíritus no te dejan dormir? Acuéstate junto a una vela bendita siete días, y al octavo día escupe. Y muchas otras cosas. Ahora sabe que yo estoy triste.

Puedo volver a mirar si quieres que lo haga, *baby*. Y mira de nuevo barajas, palma, agua y dice ¡Ajá!

Una casa en el corazón, yo estaba en lo cierto.

Pero no lo entiendo.

Una casa nueva, una casa hecha de corazón. Voy a prender una vela por ti.

Todo esto por los cinco dólares que le doy.

Gracias y adiós, y cuídate del mal de ojo. Regresa un jueves, cuando las estrellas estén más fuertes. Y que la Virgen te bendiga. Y cierra su puerta.

Geraldo
sin apellido

Lo conoció en un baile. Bonito el muchachito y joven. Dijo que trabajaba en un restaurante, pero ella no puede recordar en cuál. Geraldo. Eso es todo. Pantalones verdes y camisa de sábado. Geraldo. Eso fue lo que él le dijo.

¿Y cómo iba a saber que sería la última en verlo vivo? Un accidente, ¿no sabes? Pega y corre. Marín, ella va a todos los bailes. Uptown. Logan. Embassy. Palmer. Aragon. Fontana. The Manor. Le gusta bailar. Se sabe las cumbias, las salsas y hasta las rancheras. Y él sólo fue alguien con quien bailó. Sí, eso es. Uno que conoció esa noche. Correcto.

Esa es la historia. Eso es lo que ella dijo una y otra vez.

Una vez a los del hospital y dos veces a la policía. Ni dirección, ni nombre. Nada en sus bolsillos. ¿No es una lástima?

Sin embargo, Marín no puede explicar por qué le importó, las horas y horas, por alguien a quien ni siquiera conocía. La sala de emergencias del hospital. Sólo un interno trabajando todo solito. Tal vez si el cirujano hubiese llegado, si él no hubiera perdido tanta sangre, si tan sólo hubiese llegado el cirujano, habrían sabido a quién avisarle y dónde.

¿Pero qué importa? El no significaba nada para ella. No era su novio ni nada por el estilo. Sólo un bracero más de esos que no hablan inglés. Simplemente otro ilegal. Ya sabes de cuáles. Los que siempre parecen estar avergonzados. ¿Y después de todo qué andaba ella haciendo afuera a las tres de la mañana? Marín, que había sido enviada a casa con su abrigo y una aspirina, ¿cómo lo explica?

Lo conoció en un baile. Geraldo con sus pantalones verdes y brillante camisa de sábado. Geraldo yendo al baile.

¿Qué importa?

Ellos nunca vieron las cocinetas. Nunca supieron de los departamentos de dos cuartos y de los cuartuchos que él rentaba, las órdenes de pago semanales enviadas a su pueblo, la casa de cambio. ¿Cómo podían?

Su nombre era Geraldo. Y su casa está en otro país. Los que le sobreviven están muy lejos, se preguntarán, van a encoger los hombros, recordarán. Geraldo —ése se fue al norte . . . nunca volvimos a saber de él.

Ruthie
la de Edna

Ruthie, alta, flaca señorita con la boca pintada de rojo y pañoleta azul, un calcetín azul y el otro verde porque se le olvidó, es la única persona mayor que conocemos a la que le gusta jugar. Lleva a Bobo, su perro, a pasear y se ríe sola, esa Ruthie. No necesita a nadie con quien reír, sola se ríe.

Es la hija de Edna, la dueña del edificio de al lado, tres departamentos enfrente y tres al fondo. Cada semana Edna le grita a alguien y cada semana alguien tiene que salirse. Una vez corrió a una mujer encinta nomás porque tenía un pato . . . y además era un pato bien bueno. Pero Ruthie vive allí y Edna no puede correrla porque es su hija.

Ruthie llegó un día tal parece de ninguna parte. Angel Vargas estaba tratando de enseñarnos a chiflar. Oímos entonces que alguien chiflaba —tan bonito como el ruiseñor del emperador— y cuando volvimos la cabeza allí estaba Ruthie.

A veces vamos de compras y nos la llevamos, pero ella nunca entra en las tiendas, y si entra se queda viendo a su alrededor como un animal salvaje que por primera vez entra a una casa.

Le gustan los dulces. Cuando vamos a la tienda de abarrotes de Mr. Benny, nos da dinero para que le compremos algo. Nos pide que nos aseguremos de que sean de los suavecitos porque le duelen los dientes. Entonces promete ir al dentista la siguiente semana, pero la semana llega y no va.

Ruthie ve cosas preciosas en todas partes. Puedo estarle contando un chiste y ella se para y dice: la luna es bella como un globo. O alguien puede estar cantando y ella señala unas nubes: mira, es Marlon Brando. O una esfinge guiñando el ojo. O mi zapato izquierdo.

Una vez vinieron unos amigos de Edna y le preguntaron a Ruthie si quería ir con ellos a jugar bingo. El motor del carro estaba en marcha y Ruthie se detuvo en los escalones dudando si ir o no. ¿Voy, Ma?, preguntó a la sombra gris tras la tela de alambre del segundo piso. Me da igual, dice la tela, si quieres ve. Ruthie miró al piso. ¿Tú qué piensas, Ma? Yo qué sé, haz lo que te dé la gana. Ruthie miró al piso un poco más. El carro con el motor andando esperó quince minutos y luego se fueron. Cuando esa noche sacamos la baraja, le dijimos a Ruthie: tú das.

Hay muchas cosas que Ruthie hubiera podido ser, de haberlo querido. No sólo es buena para chiflar, también canta y baila. Cuando era joven tuvo montones de ofertas de trabajo, pero nunca las aceptó. En vez de eso se casó y se mudó lejos a una casa bonita en las afueras de la ciudad. Lo único que no entiendo es por qué está viviendo en Mango Street si no lo necesita, por qué duerme en el sofá de la sala de su mamá si tiene una verdadera casa para ella sola, pero dice que sólo anda de visita y que la semana entrante su marido se la va a llevar a su casa. Pero los fines de semana llegan y se van y Ruthie se queda. No importa. Nosotras estamos contentas porque es nuestra amiga.

Me gusta enseñarle a Ruthie los libros que saco de la biblioteca. Los libros son una maravilla, dice Ruthie, y les pasa la mano por encima como si pudiera leerlos en Braille. Son maravillosos, maravillosos, pero yo ya no puedo leer. Me da dolor de cabeza. Tengo que ir al oculista la semana que entra. Antes yo escribía libros para niños, ¿no te lo dije?

Un día me aprendí de memoria "La morsa y el carpintero" porque quería que Ruthie me oyera: *"El sol brillaba en el mar, brillaba con toda su fuerza . . ."* Ruthie miraba al cielo y a ratos se le humedecían los ojos. Por fin llegué a las últimas líneas: *"pero no llegó ninguna respuesta, lo cual apenas resultaba extraño, porque se los habían comido a todos . . ."* Estuvo largo rato mirándome antes de abrir la boca. Entonces dijo: tienes los dientes más bonitos que jamás haya visto. Y se metió.

El Earl
de Tennessee

Earl vive en la siguiente puerta, en el sótano de Edna,
detrás de las jardineras que Edna pinta de verde cada año,
detrás de los geranios polvorientos. Nosotros nos sentá-
bamos en las jardineras hasta el día en que Tito vio una
cucaracha con una mancha de pintura verde en la cabeza.
Ahora nos sentamos en los escalones que doblan hacia el
departamento del sótano donde vive Earl.

Earl trabaja de noche. Sus persianas están siempre ce-
rradas durante el día. A veces sale y nos dice que nos es-
temos quietos. La puertita de madera cerrada a piedra y
lodo que ha conservado la oscuridad se abre con un suspiro
y deja escapar una bocanada de moho y humedad como

de libros que se han quedado afuera en la lluvia. Es la única ocasión en que vemos a Earl además de cuando va y viene del trabajo. Tiene dos perritos negros que lo acompañan a todas partes. No caminan, como todos los perros, sino que brincan y hacen machincuepas como un apóstrofe y una coma.

De noche, Nenny y yo oímos cuando Earl regresa de su trabajo. Primero el golpecito seco y el rechinido de la puerta del carro que se abre, luego el raspón en el concreto, el campanilleo excitado de las placas de los collares de los perros seguido de un fuerte retintín de llaves, y finalmente el quejido de la puerta de madera que se abre y libera su bocanada de humedad.

Earl es reparador de sinfonolas. Dice que aprendió su oficio en el sur. Habla con acento sureño, fuma puros gordos y usa sombrero de fieltro —invierno o verano, frío o calor, no le hace— un sombrero de fieltro. En su departamento hay cajas y cajas de discos de 45, húmedos y enmohecidos como el olor que sale de allí cada que abre. Nos regala todos los discos menos los de *country y western*.

Dicen que Earl está casado y tiene una mujer en alguna parte. Edna dice que la vio una vez que Earl la trajo a su departamento. Mamá dice que es una cosa flaca, rubia, pálida como las salamandras que nunca han visto el sol. Pero yo también la vi una vez y no es así para nada. Y los muchachos de enfrente dicen que es una señora alta y pelirroja, que viste pantalones color de rosa pegaditos y anteojos verdes. Nunca nos ponemos de acuerdo sobre su apariencia, pero sí sabemos esto: cuando ella viene, él la lleva bien apretada del codo, se meten rápidamente en el departamento, cierran la puerta con llave y nunca se quedan mucho tiempo.

Sire

No recuerdo cuándo noté por vez primera que él, Sire,
me miraba. Pero sabía que me estaba viendo. Todo el
tiempo. Cada vez que yo pasaba frente a su casa. El y sus
amigos sentados en sus bicicletas frente a su casa lanzando
monedas. No me asustaban. Bueno, sí, pero yo no iba a
permitir que se enteraran. Yo no cruzo la calle como otras
chicas. Voy derechita, los ojos al frente. Pasé por enfrente.
Supe que él me miraba. Tenía que demostrarme que no
iba a tener miedo de los ojos de nadie, ni de los suyos.
Tenía que voltear hacia atrás y mirarlo con energía, una

sola vez, como si él fuera de cristal. Y lo hice. Una sola vez. Pero cuando él pasó en su bicicleta miré demasiado tiempo. Miré, porque quería ser valiente, derechito a la piel de gato polvoriento de sus ojos. Y su bicicleta se detuvo, chocó contra un carro estacionado, chocó y yo caminé de prisa. Cuando alguien te mira así la sangre se te congela. Alguien me miró. Alguien miró. Y su tipo, su modo. El es un pandillerito, dice Papá, y Mamá dice que con él no hable.

Y luego llegó su novia. Lo oí llamarla Lois. Es pequeña y bonita y huele a piel de niño. La he visto correr a la tienda en lugar de él. Y una vez, cuando ella estaba parada junto a mí en la tienda de Mr. Benny, andaba descalza y vi sus uñitas de pies de niño descalzo todas pintadas rosita pálido pálido como conchitas del mar color de rosa, y huele a color de rosa como los niños. Tiene manos de niña grande y sus huesos son largos como huesos de señora, y también se maquilla. Pero ella no sabe abrocharse los zapatos, y yo sí.

A veces los escucho reír tarde, latas de cerveza y gatos y los árboles hablándose a sí mismos: espera, espera, espera. Sire deja que Lois monte en su bicicleta alrededor de la manzana, o salen a caminar juntos. Yo los miro. El la lleva de la mano y a veces se detiene a abrocharle los zapatos. Pero Mamá dice que esa clase de chicas, esas chicas, son las que se meten en los callejones. Lois, la que no puede abrocharse las agujetas. ¿Dónde la lleva él?

Todo dentro de mí retiene el aliento. Todo en espera de explotar como la Navidad. Quiero ser toda nueva y brillante. Quiero sentarme afuera en la noche, mala, con un muchacho alrededor de mi cuello y el viento bajo mi falda. No cada noche hablarles de este modo a los árboles, asomarme por la ventana, imaginar lo que no alcanzo a ver.

Una vez un muchacho me abrazó tan fuerte que en el apretón sentí la fuerza de sus brazos, pero fue en un sueño.

Sire, ¿cómo la abrazaste?, ¿fue?, ¿así?, ¿y cuando la besaste?, ¿así?

Cuatro árboles flaquititos

Son los únicos que me entienden. Soy la única que los entiende. Cuatro árboles flacos de flacos cuellos y codos puntiagudos como los míos. Cuatro que no pertenecen aquí pero aquí están. Cuatro excusas harapientas plantadas por la ciudad. Desde nuestra recámara podemos oírlos, pero Nenny se duerme y no aprecia estas cosas.

Su fuerza es secreta. Lanzan feroces raíces bajo la tierra. Crecen hacia arriba y hacia abajo y se apoderan de la tierra entre los dedos peludos de sus pies y muerden el cielo con dientes violentos y jamás se detiene su furia. Así se mantienen.

Si alguno olvidara su razón de ser todos se marchitarían

como tulipanes en un florero, cada uno con sus brazos alrededor del otro. Sigue, sigue, sigue, dicen los árboles cuando duermo. Ellos enseñan.

Cuando estoy demasiado triste o demasiado flaca para seguir siguiendo, cuando soy una cosita delgada contra tantos ladrillos es cuando miro los árboles. Cuando no hay nada más que ver en esta calle. Cuatro que crecieron a pesar del concreto. Cuatro que luchan y no se olvidan de luchar. Cuatro cuya única razón es ser y ser.

No speak English

Mamacita es la mujer enorme del hombre al cruzar la calle, tercer piso al frente. Rachel dice que su nombre debería ser *Mamasota,* pero yo creo que eso es malo.

El hombre ahorró su dinero para traerla. Ahorró y ahorró porque ella estaba sola con el nene-niño en aquel país. El trabajó en dos trabajos. Llegó noche a casa y salió tempranito. Todos los días.

Y luego un día Mamacita y el nene-niño llegaron en un taxi amarillo. La puerta del taxi se abrió como el brazo de un mesero. Y va saliendo un zapatito color de rosa, un pie suavecito como la oreja de un conejo, luego el tobillo grueso, una agitación de caderas, unas rosas fucsia y un perfume verde. El hombre tuvo que jalarla, el chofer del taxi empujarla. Empuja, jala. Empuja, jala. ¡Puf!

Floreció de súbito. Inmensa, enorme, bonita de ver desde la puntita rosa salmón de la pluma de su sombrero hasta los botones de rosa de sus dedos de pie. No podía quitarle los ojos a sus zapatitos.

Arriba, arriba, arriba subió con su nene-niño en una cobija azul, el hombre cargándole las maletas, sus sombrereras color lavanda, una docena de cajas de zapatos de satín de tacón alto. Y luego ya no la vimos.

Alguien dijo que porque ella es muy gorda, alguien que por los tres tramos de escaleras, pero yo creo que ella no sale porque tiene miedo de hablar inglés, sí, puede ser eso, porque sólo conoce ocho palabras: sabe decir *He not here* cuando llega el propietario, *No speak English* cuando llega cualquier otro y *Holy smokes*. No sé dónde aprendió eso, pero una vez oí que lo dijo y me sorprendió.

Dice mi padre que cuando él llegó a este país comió *jamanegs* durante tres meses. Desayuno, almuerzo y cena. *Jamanegs*. Era la única palabra que se sabía. Ya nunca come jamón con huevos.

Cualesquiera sean sus razones, si porque es gorda, o no puede subir las escaleras, o tiene miedo al idioma, ella no baja. Todo el día se sienta junto a la ventana y sintoniza el radio en un programa en español y canta todas las canciones nostálgicas de su tierra con voz que suena a gaviota.

Hogar. Hogar. Hogar es una casa en una fotografía, una casa color de rosa, rosa como geranio con un chorro de luz azorada. El hombre pinta de color de rosa las paredes de su departamento, pero no es lo mismo, sabes. Todavía suspira por su casa color de rosa y entonces, creo, se pone a chillar. Yo también lloraría.

Algunas veces el hombre se harta. Comienza a gritar y puede uno oírlo calle abajo.

Ay, dice ella, ella está triste.

Oh, no, dice él, no otra vez.

¿Cuándo, cuándo, cuándo?, pregunta ella.

¡Ay, caray! Estamos *en* casa. Esta *es* la casa. Aquí estoy y aquí me quedo. ¡Habla inglés!, *speak English,* ¡por Dios!

¡Ay!, Mamacita, que no es de aquí, de vez en cuando deja salir un grito, alto, histérico, como si él hubiera roto el delgado hilito que la mantiene viva, el único camino de regreso a aquél país.

Y entonces, para romper su corazón para siempre, el nene-niño, que ha comenzado a hablar, empieza a cantar el comercial de la Pepsi que aprendió de la tele.

No speak English, le dice ella al nene-niño que canta en un idioma que suena a hoja de lata. *No speak English, no speak English.* No, no, no. Y rompe a llorar.

Rafaela
que los martes
toma jugo
de coco y papaya

Los martes, el marido de Rafaela regresa tarde a casa porque es la noche que juega dominó. Entonces Rafaela, que todavía es joven pero está envejeciendo de tanto asomarse a la ventana, se queda encerrada bajo llave porque su marido tiene miedo de que Rafaela se escape porque es demasiado bonita para que la vean.

Rafaela se asoma a la ventana y se apoya en el codo y sueña que su pelo es como el de Rapunzel. En la esquina hay música que sale del bar, y Rafaela quisiera ir allá y bailar antes de volverse vieja.

Pasa mucho tiempo y nos olvidamos de que ella está allá arriba viendo hasta que nos dice: muchachitos, ¿si les doy un dólar van a la tienda a comprarme algo? Avienta un dólar arrugado y siempre pide jugo de coco y a veces de papaya, y nosotros se lo enviamos en una bolsa que ella descuelga con una cuerda de tendedero.

Rafaela bebe y bebe jugo de coco y papaya los martes y quisiera que hubiera bebidas aún más dulces, y no amargas como ese cuarto vacío, sino dulces dulces como la isla, como el salón de baile calle abajo donde mujeres mucho más viejas que ella tiran ojos verdes con facilidad, así como quien juega a los dados, y abren casas con su llave. Y allá siempre hay alguien ofreciendo bebidas todavía más dulces, alguien que promete mantenerlas en un hilo de plata.

Sally

Sally es la chica con ojos como Egipto y medias color de humo. Los muchachos de la escuela piensan que es bonita porque su pelo es negro brillante como plumas de cuervo y cuando ríe echa de golpe su pelo hacia atrás, como un chal de satín sobre sus hombros y ríe.

Su padre dice que ser tan bella es una aflicción. Son muy estrictos en su religión. No les permiten bailar. Recuerda a sus hermanas y se entristece. Entonces no la deja salir. A Sally, quiero decir.

Sally, ¿quién te enseñó a pintarte los ojos como Cleopatra? Y si enrollo el pincelito con mi lengua y lo masco para sacarle la puntita y lo meto en la barrita lodosa, la que está en la cajita roja, ¿me enseñarás?

Me gusta tu abrigo negro y los zapatos que te pones, ¿de dónde los sacaste? Dice mi madre que ponerse negro tan joven es peligroso, pero yo quiero comprarme unos zapatos iguales a los tuyos negros de gamuza, igualitos a esos. Y un día, cuando mi madre esté de buen humor, quizá después de mi próximo cumpleaños, voy a pedirle que me compre también medias.

Cheryl, la que ya no es tu amiga, desde el último jueves antes de Pascua, desde el día en que le hiciste sangrar la oreja, desde que te dijo ese nombre y de una mordida te hizo un agujerote en el brazo y parecía que ibas a llorar y todo mundo estaba pendiente pero no lloraste, Sally, no lloraste y desde entonces no tienes una mejor amiga con quien recargarte en la cerca del patio de la escuela, con quien reír, tapándose la risa con las manos, de lo que dicen los muchachos. Ya no hay quien te preste su cepillo.

Las historias que cuentan los muchachos en el guardarropa, no son verdad. Te recargas en la cerca del patio de la escuela con tus ojos cerrados, sola, como si nadie estuviera mirando, como si nadie te pudiera ver allí de pie, Sally, ¿en qué piensas cuando cierras así tus ojos?, ¿y por qué tienes que ir siempre derechito a casa después de la escuela? Te vuelves una Sally distinta. Te jalas la falda y la enderezas, te borras el color azul de los párpados. No ríes, Sally. Miras a tus pies y caminas derechito a la casa de donde no puedes salir.

Sally, ¿no deseas a veces no tener que ir a casa?, ¿no te gustaría que un día tus pies siguieran caminando y te llevaran lejos de Mango Street, muy lejos, y quizá tus pies se detendrían frente a una casa bonita, con flores y grandes ventanas y escalones para que los subas de dos en dos hasta arriba donde te espera una recámara? Y si abrieras la manija de la ventana y dieras un empujón los postigos se abrirían de pronto y todo el cielo entraría. No habría vecinos metiches mirando, ni motocicletas y coches, ni sábanas y toallas y lavandería. Sólo árboles y más árboles y chorros de cielo azul. Y podrías reír, Sally. Podrías dormirte y despertar sin tener que pensar nunca en quién te quiere y quién no. Podrías cerrar los ojos sin preocuparte de lo que dice la gente porque después de todo tú nunca fuiste de aquí y nadie te pondría triste y nadie pensaría que eres rara sólo porque te gusta soñar y soñar. Y nadie podría gritarte si te vieran afuera en lo oscuro recargada en un carro, recargada en alguien sin que alguien piense que eres mala, sin que alguien diga que está mal, sin que el mundo entero espere a que cometas un error cuando todo lo que querías, todo lo que tú querías, Sally, era amar y amar y amar y amar, y nadie podría llamar a eso una locura.

Minerva
escribe poemas

Minerva es apenas un poco mayor que yo y ya tiene dos hijos y un marido que se fue. Su madre sacó adelante a sus hijos solita y, por lo que se ve, sus hijas también van por ese camino. Minerva llora porque su suerte es mala suerte. Cada noche y cada día. Y reza. Pero cuando sus niños duermen después de que les ha dado de cenar *hot cakes* escribe poemas en papelitos que dobla y dobla y retiene en sus manos un largo tiempo, pedacitos de papel que huelen a *dime*.

Me permite leer sus poemas. Yo la dejo que lea los míos. Siempre está triste como una casa que arde —siempre hay algo que está mal. Tiene muchos problemas, pero el más grande es su marido que se fue y sigue yéndose.

Un día se harta y le dice que ya basta y basta. Allá va él patas pa'rriba. Ropa, discos, zapatos. Afuera por la ventana y cierra la puerta con candado. Pero esa noche regresa y avienta una piedrota por la ventana. Luego lo lamenta y ella le abre la puerta de nuevo. La misma historia.

A la siguiente semana llega azul y negra y pregunta qué puede hacer. Minerva. Yo no sé qué camino tomará. No hay nada que *yo* pueda hacer.

Vagabundos
en el ático

Quiero una casa en una colina como aquellas con los jardines donde trabaja Papá. Los domingos vamos. Es el día libre de Papá. Yo iba antes. Ya no. No te gusta salir con nosotros, dice Papá, ¿te estás haciendo demasiado vieja? Se está creyendo la divina garza, dice Nenny. Lo que no les digo es que me da vergüenza —todos nosotros mirando por la ventana como los hambrientos. Estoy harta de ver y ver lo que no puedo tener. Cuando ganemos la lotería . . . empieza a decir Mamá y entonces dejo de escuchar.

La gente que vive en las colinas duerme tan cerca de las estrellas que olvida a los que vivimos demasiado pegados a la tierra. No miran hacia abajo excepto para sentirse

contentos de vivir en las colinas. No se tienen que preo-
cupar por la basura de la semana pasada ni por temor a
las ratas. Llega la noche. Nada los despierta como no sea
el viento.

Un día voy a tener mi casa propia, pero no olvidaré
quién soy ni de dónde vengo. Los vagos que pasen preguntarán, ¿puedo entrar? Yo les ofreceré el ático, les diré
que se queden, porque yo sé lo que es no tener casa.

Algunos días, después de la cena, mis huéspedes y yo
nos sentaremos frente a la chimenea. Las duelas del piso
más alto rechinarán. El ático gruñirá.

¿Ratas? preguntarán mis huéspedes.

Vagos, diré yo, y seré feliz.

Bella y cruel

Soy una hija fea. Soy la que nadie viene a buscar.

Nenny dice que no va a esperar toda su vida para que venga por ella un marido, que la hermana de Minerva dejó la casa de su madre teniendo un bebé, pero ella tampoco quiere ese camino. Quiere las cosas a su modo. Nenny tiene ojos bonitos y es muy fácil hablar así cuando eres bonita.

Mi madre dice que cuando yo crezca mi pelo polvoriento se aplacará y mi blusa aprenderá a mantenerse limpia, pero he decidido no crecer mansita como las otras, que ponen su cuello en la tabla de picar en espera de la cuchilla.

En las películas siempre hay una de labios rojos rojos

que es bella y cruel. Es la que vuelve locos a los hombres y los espanta con sus risas. Su poder le pertenece. Ella no lo suelta.

He comenzado mi propia guerra silenciosa. Sencilla. Segura. Soy la que se levanta de la mesa como los hombres, sin volver la silla a su lugar ni recoger el plato.

Bien águila

Yo pude haber sido alguien, ¿sabes?, dice mi madre y suspira. Toda su vida ha vivido en esta ciudad. Sabe dos idiomas. Puede cantar una ópera. Sabe reparar la tele. Pero no sabe qué metro tomar para ir al centro. La tomo muy fuerte de la mano mientras esperamos a que llegue el tren.

Cuando tenía tiempo dibujaba. Ahora dibuja con hilo y aguja pequeños botones de rosa, tulipanes de hilo de seda. Algún día le gustaría ir al ballet. Algún día también, ver una obra de teatro. Pide discos de ópera en la biblioteca pública y canta con pulmones aterciopelados y poderosos como glorias azules.

Hoy, mientras cuece la avena, es Madame Butterfly

hasta que suspira y me señala con la cuchara de palo. Yo pude haber sido alguien, ¿sabes? Ve a la escuela, Esperanza. Estudia macizo. Esa Madame Butterfly era una tonta. Menea la avena. Fíjate en mis comadres. Se refiere a Izaura, cuyo marido se largó, y a Yolanda, cuyo marido está muerto. Tienes que cuidarte solita, dice moviendo la cabeza.

Y luego, nada más porque sí:

La vergüenza es mala cosa, ¿sabes? No te deja levantarte. ¿Sabes por qué dejé la escuela? Porque no tenía ropa bonita. Ropa no, pero cerebro sí.

¡Ufa!, dice disgustada, meneando de nuevo. Yo entonces era bien águila.

Lo que Sally decía

No me pega fuerte nunca. Dice que su mamá le unta manteca en todas las partes que le duelen. Y luego en la escuela dice que se cayó. De allí vienen todos sus moretones. Por eso su piel está llena de cicatrices siempre.

Pero quién va a creerle. Una muchacha así de grande que llega con su cara bonita toda golpeada y moreteada no puede estarse cayendo de las escaleras. El nunca me pega fuerte.

Sally no cuenta de la vez que él le dio con la mano como a un perro, dijo ella, como si yo fuera un animal. Cree que me voy a largar como sus hermanas que avergonzaron a la familia. Nomás porque soy hija, y luego ya no dice más.

Sally iba a pedir permiso de quedarse con nosotros un poquito y un jueves llegó con un costal lleno de ropa y una bolsa de pan dulce que su madre mandó. Y se hubiera quedado, pero cuando oscureció, su padre, con los ojos chiquitos de llorar, tocó la puerta y le dijo por favor regrésate, ésta es la última vez. Y ella dijo Papacito y volvió a casa.

Y ya no hizo falta que nos preocupáramos. Hasta que un día el papá de Sally la sorprendió hablando con un muchacho y al día siguiente no vino a la escuela. Ni el siguiente. Hasta que, tal como lo cuenta Sally, entre la hebilla y el cinturón simplemente se le olvidó que era su padre.

No eres mi hija, tú no eres mi hija. Y entonces se perdió entre sus manos.

El
jardín
del
mono

El mono ya no vive allá. El mono se mudó —a Kentucky— y se llevó a su gente. Y yo me puse contenta porque ya no podía oír más sus gritos salvajes en la noche, el güiri güiri de las personas que eran sus dueños. La jaula de metal verde, la cubierta de mesa de porcelana, la familia que hablaba como guitarras. Mono, familia, mesa. Todos se fueron.

Entonces nos apoderamos del jardín al que teníamos miedo de entrar cuando el mono gritaba enseñando sus dientes amarillos.

Había girasoles grandes como flores de Marte, y gruesas flores crestas-de-gallo sangrando sus flecos rojo intenso de cortinas de teatro. Había abejas vertiginosas y moscas como moñitos dando saltos mortales y zumbando en el aire. Arboles de duraznos dulces dulces. Rosas de espinas y cardos y peras. Hierbajos como tantas estrellas tuertas y matorrales que te dan comezón y comezón en los tobillos hasta que te los lavas con agua y jabón. Había grandes manzanas verdes duras como rodillas. Y por todas partes el olor soñoliento de madera podrida, tierra empapada y gruesos y polvosos *hollyhocks* perfumantes como el pelo rubiazuloso de los muertos.

Arañas amarillas corrían cuando volteábamos las piedras boca arriba y gusanos pálidos ciegos y temerosos de la luz se ovillaban en su sueño. Mete un palo en el suelo arenoso: unos cuantos escarabajos de piel azul, una avenida de hormigas y muchas mariquitas crujientes. Esto sí que era un jardín, algo maravilloso de ver en primavera. Pero pasito a pasito, después que el mono se fue, comenzó a reponerse solito, a ganarse a sí mismo. Las flores dejaron de obedecer los ladrillitos que les impedían crecer fuera de sus prados. Las hierbas se metieron. Carros inútiles aparecieron como hongos. Primero uno y luego otro y después una *pickup* azul sin parabrisas. Antes de que te dieras cuenta, el jardín del mono se llenó de carros con sueño.

Las cosas tenían un modo de desaparecer en el jardín, como si el mismo jardín se las comiera, o como si con su memoria de anciano las guardara y se le olvidara dónde. Nenny encontró un dólar y un ratón muerto entre dos rocas en el muro de piedra donde trepaban las glorias y una vez, cuando jugábamos a las escondidas, Eddie Vargas descansó la cabeza bajo un hibisco y allí cayó dormido como Rip Van Winkle hasta que alguien se acordó de que estaba en el juego y regresó por él.

Esto, creo yo, es la razón por la que íbamos allí. Lejos de donde nuestras madres pudieran encontrarnos.

Nosotros y unos cuantos perros viejos que vivían adentro de los carros vacíos. Una vez hicimos una casa-club en la parte trasera de la vieja *pickup* azul. Y además nos gustaba saltar del techo de un carro a otro y pretender que eran hongos gigantes.

Alguien soltó la mentira de que el jardín del mono había estado allí antes que cualquier otra cosa. Nos gustaba pensar que el jardín podría esconder cosas por mil años. Allí bajo las raíces de flores empapadas estaban los huesos de piratas asesinados y de dinosaurios, el ojo de un unicornio convertido en carbón.

Aquí fue donde quise morir y lo intenté una vez pero ni siquiera el jardín del mono me quería. Fue el último día que fui.

¿Quién dijo que yo ya era muy grande para esos juegos? ¿Quién fue que no lo escuché? Yo sólo recuerdo que cuando los demás corrieron, quise correr también, arriba y abajo y a través del jardín del mono, rápido como los muchachos, no como Sally que pegaba el grito al cielo si las medias se le enlodaban.

Yo dije ándale, ándale Sally, pero ella no quiso. Se quedó en la banqueta hablando con Tito y sus amigos. Tú juega con escuincles si quieres, me dijo, yo aquí me quedo. Podía creerse la divina garza si le daba la gana, así que me fui.

Fue su propia culpa, la verdad. Cuando regresé Sally se hizo la enojada . . . algo acerca de que los muchachos le habían robado sus llaves. Por favor devuélvanmelas, dijo golpeando al más cercano con un puño suavecito. Ellos se reían. También ella. Era un chiste que no entendí.

Quise regresar con los otros chamacos que todavía brincaban sobre los carros, todavía se correteaban unos a otros a través del jardín, pero Sally tenía su propio juego.

Uno de los muchachos inventó las reglas. Uno de los

amigos de Tito dijo: no puedes recuperar tus llaves hasta que nos des un beso y Sally primero fingió enojarse pero luego dijo sí. Así de sencillo.

Yo no sé por qué, pero algo dentro de mí quiso lanzar un palo. Algo quería decir no, cuando vi a Sally entrar al jardín con los cuates de Tito todos risueños. Era sólo un beso, eso era todo. Un beso para cada uno. ¿Y qué?, dijo ella.

¿Por qué me sentí enojada por dentro? Como si algo no estuviera bien. Sally se fue detrás de esa vieja *pickup* azul a besar a los muchachos y a que le regresaran sus llaves, y yo volé los tres tramos de escaleras donde vive Tito. Su madre estaba planchando camisas. Estaba rociándoles agua con una botella de refresco y fumaba un cigarrillo.

Tu hijo y sus amigos le robaron sus llaves a Sally y no se las quieren devolver si no los besa a todos y ahorita están haciéndola que los bese. Lo solté todo sin aliento por los tres tramos de escaleras.

Esos mocosos, dijo sin despegar la vista de su planchado.

¿Eso es todo?

Y qué quieres que yo haga, dijo ella, ¿llamar a la policía? Y siguió planchando.

La miré largo rato pero no se me ocurrió qué decirle, y bajé de volada los tres tramos de escalera al jardín donde había que salvar a Sally. Tomé tres palos grandes y un ladrillo y pensé que sería suficiente.

Cuando llegué allí Sally me dijo: vete a la casa. Los muchachos dijeron: déjanos solos. Me sentí tonta con mi ladrillo. Todos me miraron como si yo fuera la loca y me morí de la vergüenza.

No sé por qué pero tuve que salir corriendo. Me escondí en lo más lejos del jardín, en la parte salvaje, bajo un árbol al que le venía guango que me tirara al suelo y llorara mucho rato. Cerré mis ojos como estrellas apretadas para no llorar, pero lloré. Sentí mi cara bien caliente. Adentro de mí eran puros hipos.

En algún lado leí que en la India hay sacerdotes que pueden detener los latidos de su corazón a voluntad. Quería que mi sangre se detuviera, que mi corazón dejara de bombear. Quería estar muerta, volverme lluvia, que mis ojos se derritieran en la tierra como dos caracoles negros. Deseé y deseé. Cerré mis ojos y lo deseé, pero cuando me levanté mi vestido estaba verde y yo tenía dolor de cabeza.

Miré mis pies dentro de sus calcetines blancos y sus feos zapatos boludos. Parecían estar muy lejos. Parecía que ya no eran mis pies. Y el jardín en el que había sido tan bueno jugar ya tampoco era mío.

Payasos rojos

Mentiste, Sally. No fue como tú dijiste. Lo que hizo. Donde me tocó. Yo no lo quise, Sally. Del modo en que lo dijeron, del modo que debe de ser, todos los libros de cuentos y las películas ¿por qué me mintieron?

Yo estaba esperando cerca de los payasos rojos. Estaba parada junto a la vuelta al mundo donde tú dijiste. Y además a mí no me gustan los carnavales. Yo fui por acompañarte porque te ríes en la vuelta al mundo, echas tu cabeza para atrás y te ríes. Te guardo el cambio, agito la mano saludándote, cuento las veces que pasas. Esos muchachos que te miran porque eres bonita. Me gusta estar contigo, Sally. Eres mi amiga. Pero ese muchacho grandote,

¿dónde te llevó? Esperé eternidades. Esperé al lado de los payasos rojos, como tú dijiste, pero nunca apareciste, nunca viniste por mí.

Sally Sally cien veces. ¿Por qué no me oíste cuando te llamé? ¿Por qué no les dijiste que me soltaran? El que me agarró del brazo no me dejaba ir. Me dijo *I love you, Spanish girl, I love you,* y apretó su boca agria contra la mía.

Haz que se detenga, Sally. No pude correrlos. No podía hacer otra cosa que llorar. No recuerdo. Estaba oscuro. No recuerdo. No recuerdo. Por favor no me hagas contarlo todo.

¿Por qué me dejaste sola? Esperé toda la vida. Eres una mentirosa. Todos mintieron. Todos los libros y las revistas, todos lo dijeron chueco. Sólo sus uñas sucias contra mi piel, sólo su olor agrio otra vez. La luna que miraba. La vuelta al mundo. Los payasos rojos riendo su risa de lengua gruesa.

Entonces los colores comenzaron a girar. El horizonte se ladeó. Tennis negros huyeron. Sally, tú mentiste, tú mentiste. No me soltaba. Dijo, *I love you, I love you, Spanish girl.*

Rosas
de linóleo

Sally se casó como sabíamos que lo haría, joven e im-
preparada pero casada igual. Conoció a un vendedor de
malvaviscos en un bazar de la escuela, y se casó con él en
otro estado, donde es legal casarse antes de *high school*.
Ahora tiene su marido y su casa, sus fundas de almohada
y sus platos. Dice que está enamorada, pero yo creo que lo
hizo para escapar.

Sally dice que le gusta estar casada porque ahora puede
comprarse sus cositas cuando su marido le da dinero. Está
feliz, excepto algunas veces que su marido se pone furioso
y una vez rompió la puerta cuando su pie pasó hasta el
otro lado pero la mayoría de los días está *okay*. Excepto que

no la deja hablar por teléfono. Y tampoco la deja asomarse a la ventana. Y como a él no le gustan sus amigos, nadie viene a visitarla a menos que él esté trabajando.

Se queda sentada en casa por miedo a salir sin permiso. Mira todas las cosas que son suyas: las toallas y el tostador, el reloj despertador y las cortinas. Le gusta mirar las paredes, con qué pulcritud se encuentran sus esquinas, las rosas en el linóleo del piso, el techo lisito como pastel de novia.

Las tres hermanas

Vinieron con el viento que sopla en agosto, delgadito como tela de araña y casi sin que las vieran. Tres que no parecían tener relación sino con la luna. Una con risa de estaño y una con ojos de gato y una con manos como porcelana. Las tías, las tres hermanas, las comadres, dijeron ellas.

La bebé murió. La hermana de Rachel y Lucy. Una noche un perro aulló, y al día siguiente un pájaro amarillo entró por la ventana abierta. Antes de que terminara la semana, la fiebre de la bebé empeoró. Entonces vino Jesús, tomó a la bebé y se la llevó lejos. Eso fue lo que dijo su mamá.

Luego llegaron las visitas . . . un puro entrar y salir de la casita. Era difícil mantener los pisos limpios. Cualquiera que se había preguntado jamás de qué color eran las paredes entraba a mirar ese pulgarcito de humano en una caja como de dulces.

Yo nunca había visto a alguien muerto, no la muerte de a de veras, no en la sala de alguien donde la gente besaba y bendecía y encendía una vela. No en una casa. Parecía extrañísimo.

Deben haberlo sabido, las hermanas. Tenían el poder y podían sentir qué era qué. Dijeron ellas: ven acá, y me dieron un chicle. Olían a Kleenex o al interior de una bolsa de satín, y entonces ya no sentí miedo.

¿Cómo te llamas?, preguntó la de ojos de gato.

Esperanza, dije yo.

Esperanza, repitió la vieja venas azules en una aguda voz delgada. Esperanza . . . un buen nombre, un buen nombre.

Me duelen las rodillas, se quejó la de la risa chistosa.

Mañana va a llover.

Sí, mañana, dijeron.

¿Cómo lo saben?, pregunté.

Lo sabemos.

Mira sus manos, dijo la ojos de gato.

Y me las voltearon una y otra vez como si estuviesen buscando algo.

Es especial.

Sí, llegará muy lejos.

Sí, sí, hmmm.

Haz un deseo.

¿Un deseo?

Sí, pide algo, ¿qué es lo que quieres?

¿Lo que sea?, dije yo.

Sí, bueno, ¿por qué no?

Cerré los ojos.

¿Ya pediste tu deseo?

Sí, dije yo.

Bueno, eso es todo. Se te va a conceder.

¿Cómo lo saben?, les pregunté.

Sabemos. Sabemos.

Esperanza. La de las manos de mármol me llamó aparte. Esperanza. Tomó mi rostro con sus manos de venas azulosas y me miró y me miró. Un largo silencio. Cuando te vayas siempre debes acordarte de volver, dijo ella.

¿Qué?

Cuando te vayas tienes que acordarte de regresar por los demás. Un círculo, ¿comprendes? Tú siempre serás Esperanza. Tú siempre serás Mango Street. No puedes borrar lo que sabes. No puedes olvidar quién eres.

No supe qué decir. Era como si ella me leyera la mente, como si supiera cuál había sido mi deseo, y me avergoncé por mi deseo tan egoísta.

Debes acordarte de regresar. Por los que no pueden irse tan fácilmente como tú. ¿Te acordarás?, preguntó como si me lo estuviera ordenando. Sí, sí, dije yo un poco confusa.

Bueno, dijo ella sobándome las manos. Bueno. Eso es todo. Puedes irte.

Me levanté a alcanzar a Rachel y Lucy que ya estaban afuera esperándome junto a la puerta, preguntándose qué hacía yo con tres viejitas que olían a canela. No entendí todo lo que me dijeron. Me di la vuelta. Sonrieron y se esfumaron diciendo adiós con sus manos de humo.

Después no volví a verlas. Ni una vez, ni dos, ni jamás nunca.

Alicia y yo charlamos en los escalones de Edna

Alicia me cae bien porque una vez me regaló una bolsita de piel con la palabra GUADALAJARA bordada encima. Guadalajara es su hogar al que un día va a regresar. Pero hoy está escuchando mi tristeza porque no tengo casa.

Vives exactamente aquí, 4006 Mango Street, dice Alicia y señala la casa que me avergüenza.

No, ésta no es mi casa, digo yo y sacudo mi cabeza como si con sacudirla pudiera borrar el año que he vivido allí. Yo no soy de aquí. No quiero nunca querer ser de aquí. Tú tienes casa, Alicia, y algún día irás para allá, a una ciudad que recuerdas, pero yo, yo nunca he tenido una casa, ni siquiera en fotografía . . . sólo una con la que sueño.

No, dice Alicia. Te guste o no, tú eres Mango Street, y algún día tú también volverás.

Yo no. No hasta que alguien lo mejore.

¿Y quién va a mejorarlo?, ¿el alcalde?

Y la idea del alcalde viniendo a Mango Street me hace reír a carcajadas.

¿Quién lo va a hacer? El alcalde, no.

Una casa propia

No un piso. No un departamento interior. No la casa de un hombre. Ni la de un papacito. Una casa que sea mía. Con mi porche y mi almohada, mis bonitas petunias púrpura. Mis libros y mis cuentos. Mis dos zapatos esperando junto a la cama. Nadie a quien amenazar con un palo. Nada que recogerle a nadie.

Sólo una casa callada como la nieve, un espacio al cual llegar, limpia como la hoja antes del poema.

A veces
Mango dice adiós

Me gusta contar cuentos. Los cuento dentro de mi cabeza. Los cuento después de que el cartero dice: aquí está su correo. Aquí está su correo, dijo.

Escribo un cuento para mi vida, para cada paso que dan mis zapatos cafés. Digo: "Y subió penosamente los escalones de madera, sus tristes zapatos cafés llevándola a la casa que nunca le gustó."

Me gusta contar cuentos. Voy a contarte el cuento de una niña que no quería pertenecer.

No siempre hemos vivido en Mango Street. Antes vivimos en el tercer piso de Loomis, y antes de allí vivimos en Keeler. Antes de Keeler fue Paulina, pero lo que más recuerdo es Mango Street, triste casa roja, la casa a la que pertenezco sin pertenecerle.

Lo escribo en el papel y entonces el fantasma no duele tanto. Lo escribo y Mango me dice adiós algunas veces. No me retiene en sus brazos. Me pone en libertad.

Un día llenaré mis maletas de libros y papel. Algún día le diré adiós a Mango. Soy demasiado fuerte para que me retenga. Un día me iré.

Amigos y vecinos dirán, ¿qué le pasó a esa Esperanza?, ¿a dónde fue con todos esos libros y papel?, ¿por qué se marchó tan lejos?

No sabrán, por ahora, que me he ido para volver, volver por los que se quedaron. Por los que no.